JN010283

楽園の
Murder in
Paradise
Island
Koshio Kei
越尾 圭
二見書房

主な登場人物

〈「東京科学博物館」調査団メンバー〉

・蜂須賀《はちすか》陽太郎《ようたろう》（30）　哺乳類・昆虫、進化学が専門

・姫宮《ひめみや》歌織《かおり》（29）　爬虫《はちゅう》類・両生類が専門。蜂須賀の大学の一年後輩

・今福《いまふく》直久《なおひさ》（49）　調査団団長。動植物全般、河川・湖沼生物が専門

・三反園《みたぞの》正晃《まさあき》（28）　植物が専門

・土屋《つちや》祐輔《ゆうすけ》（28）　土壌生物が専門

・水原《みずはら》舞《まい》（32）　海洋生物・甲殻類が専門

・鷹取《たかとり》敏夫《としお》（42）　鳥類が専門

〈リゾート会社「サウスリゾート」メンバー〉

・相馬《そうま》美冬《みふゆ》（31）　企画課長

・猪熊《いのくま》慶二《けいじ》（33）　企画係長

〈その他〉

・桐生《きりゅう》春之《はるゆき》（48）　調査船『桐生丸』船長

・雷田《らいだ》周一《しゅういち》（36）　「東京科学博物館」エンジニア、ドローン操縦士

contents

東硫黄島周辺図

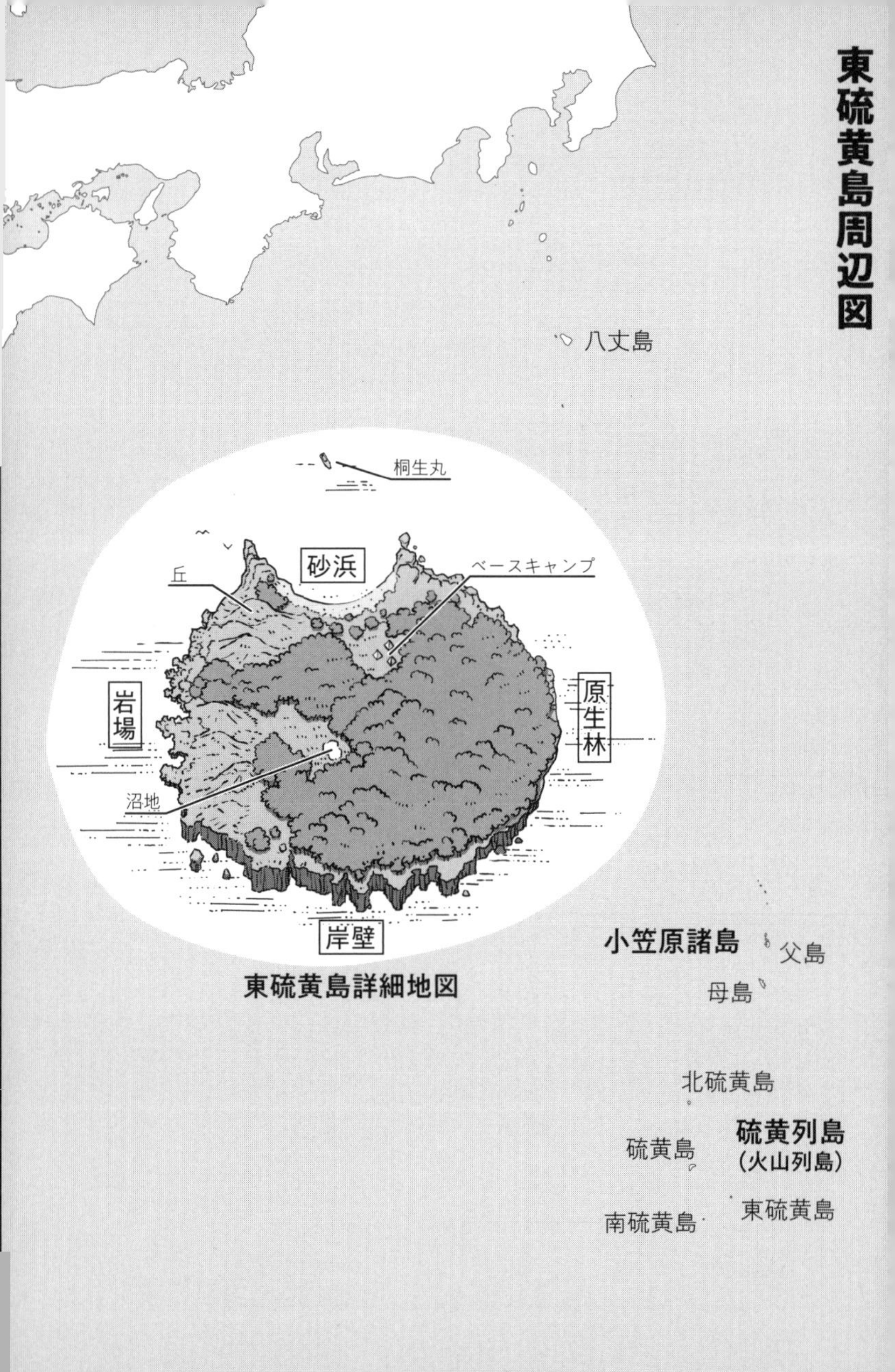

※東硫黄島は、本物語の架空の島です。

プロローグ

六月十七日

朝だというのに、ひりつくように照りつける太陽。

東の空に浮かぶ球体から発せられる強い光を浴びながら、一行は佇《たたず》んでいた。

皆の額、首筋に汗の線が描かれていく。

流れ落ちる汗を拭う者は誰もいない。暑さから流れる汗に加え、冷や汗のような脂汗のような、暑気とは無縁の汗が入り混じっている。

それは目の前の光景に起因していることは明らかだった。

にぎやかな鳥の鳴き声。

かすかに聞こえる波の音。

遠慮がちに奏でられるヤシの葉擦《はず》れ。

無人島――。

日本列島のはるか南。太平洋に浮かぶこの地は、東京都内でありながら太古から人間が定住した記録のない、文字通り「絶海の孤島」だ。島以外の風景は、見渡す限り空と海しかない。この島にたどり着くまで船で三日間。ただひたすら果てない海を進み続け、ようやく上陸を果たした。

そのような場所に足を踏み入れる以上、皆、何かしらの覚悟は持っていたはずだ。

だが、この予想外の事態を前にして、皆の抱く覚悟がいかに平凡なものだったのか、思い知らされずにはいられなかった。

一陣の風が吹いた――。

皆の鼻腔《びこう》に島の空気が忍び込む。

生命力溢《あふ》れる木々から発せられる、葉や幹の濃厚な匂い。

足下に広がる草地から立ち昇る、豊かな土の香り。

それら自然の放つ芳香に混じる、鉄のような異臭。

皆の眼下に、人間の死体が横たわっている。

事故死？

病死？

いや、違う。

遺体には明らかに人為的な処理が施されている。

ここは無人島だ。

我々一行以外の人間は、いない――。

第一章

1

蜂須《はちす》賀《か》陽太《ようた》郎《ろう》は海水を掻《か》き分けていた。

　残り二十メートルほど。背後に漂うゴムボートと繋《つな》がっているロープを腰に巻きつけたまま、懸命に手足を動かす。すでに足は海底に届いていたが、ここは外洋だ。とにかく波が高く、進むこともままならない。ウエットスーツを着込んでいる上に、大きなザックを背負っているため、体がすぐに持っていかれそうになる。

　背後から波にのみ込まれるたび、塩辛さが舌を刺激した。シュノーケルを咥《くわ》えてはいるものの、わずかな隙間から海水が口の中に侵入してくる。その刺激に顔をしかめるが、方向感覚は失ってはいけない。ゴーグル越しに見える陸地から目を切らずに前方を見据えた。

　脚や腰に力を込めて踏ん張りながら、眼前にある狭い砂浜に向かってじりじりと歩を進める。あと少し。

　砂浜に打ち上げられた海藻や貝殻、流木や小石などの形が、はっきりと視認できるようになってきた。蜂須賀は口角を鋭く上げて笑みを作る。もし砂浜にカメラが置いてあれば、きっと海から現れた怪獣のようなシルエットを描くに違いない。そんな空想じみた想像でもしないと、この厳しい状況からは逃れられそうになかった。

すっ、と体が軽くなる。

波が引いた。

その間隙《かんげき》を狙い、海を割るようにして一気に前進する。

ずぶ濡《ぬ》れの状態で砂浜に足を踏み入れた。息が弾み、両膝に手をついて前屈《まえかが》みになる。シュノーケルとゴーグルを荒々しい手つきで外し、貪るように酸素を吸った。荒ぶる潮の香りに、島を覆う植物の濃厚な匂いが混在している。こんなに強烈な自然の大気を味わったのは久しぶりだ。

二《に》艘《そう》のボートから歓声が聞こえてきた。蜂須賀は再び笑みを浮かべる。

「上陸したぞ！」

蜂須賀は体を起こしながら叫び、太い両腕を空に上げた。

ついに到達した。

小笠原諸島《おがさわらしょとう》の南端、硫黄列島《いおうれっとう》に位置する「固有種の楽園」。

東硫黄島《ひがしいおうとう》に――。

台風シーズン前の六月十六日。

　気象庁は小笠原諸島の梅雨に関する発表はしていないが、相当する気候は存在し、今年は六月十三日から梅雨明けのような快晴が続いている。ちょうどその日に調査母船「桐生丸《きりゅうまる》」が東京の竹芝埠頭《たけしばふとう》を出航して以来、天候に恵まれた。父島《ちちじま》まで二十四時間。そこで休憩を挟んで、さらに十八時間。距離にしてじつに約千三百キロもの行程を船は順調に航行し、今日こうして予定どおりに上陸を果たした。

　硫黄列島を成す硫黄島、北硫黄島、南硫黄島、そしてこの東硫黄島は海底火山の隆起した部分にあたり、火山列島とも呼ばれる。硫黄列島の東に位置する東硫黄島は、南硫黄島と同じく約三万年前に誕生したとされ、古来より人が居住した形跡のない島だ。明治時代のほんの一時期、遠洋漁業の基地のような役割を担い、人が滞在したと記録に残っている。しかし過酷な環境のため、それもすぐに廃れてしまった。

　三十年ほど前にヨットで遭難して漂着した大学生がいたが、硫黄島駐屯の航空自衛隊が発見し、十日後に救出されている。また、十五年前に初の全島調査が行われて調査団が入った。以降、人の立ち入りはない。

　そのような経緯があり、この島では独自の生態系が形成されている。そうした生態系はわずかでも外来種が侵入すると大きな影響を受け、壊滅的な事態に陥ることもしばしばだ。特に人間由来で外来種が持ち込まれる場合が多いため、島の環境や固有種などの調査目的以外の上陸は厳しく制限されており、東京都と小笠原村の管轄部署に許可を取る必要があった。

　今回は十五年ぶりの全島調査として、東京科学博物館の研究員が中心となり、上陸隊と海上からサポートを行う「桐生丸」から成る調査団が結成された。調査対象は東硫黄島に生息する固有種。生息域などの実態調査および今後の保護方針策定、外来種の影響調査などが調査目的となっている。上陸メンバーは各分野の研究者七名に加え、特別にスポンサーの民間企業の社員二名が同行している。

　問題は上陸方法だった。島の周囲は遠浅のため、中型船舶に当たる全長五十メートルほどの「桐生丸」は約一キロ沖に停泊せざるを得なかった。桐生丸の船長は航海歴二十五年を誇る桐生春之《はるゆき》。その桐生の腕でも、物理的にこれ以上の接近は不可能だった。

　さらに荷物を運び込む際には細心の注意が必要だ。外界から微細な生物や種子を持ち込まないよう、桐生丸に載せる各荷物にエタノール洗浄、凍結処理、高温処理を実施して検疫を徹底。さらに検疫を通過した荷物の保管室は、室内へ本土の生物が侵入しないよう目張りした。

　上陸時にはボートから荷物を直接島へは運び入れず、海水に浸して表面についている生物や種子の洗浄をする必要があった。人間も同様に海水洗浄が必要となり、泳いで上陸しなければならない。ボートに乗る前にも粘着テープで衣類に付着している小虫や種子を取り、さらには靴の裏も泥落としとマットを使い、付着物の除去を厳密に行った。

蜂須賀は上陸隊の先導役を担い、ボートが砂浜から五十メートル付近まで接近したところで、海に入った。ロープを体に巻いていたのは、先に上陸した者が杭《くい》を打ってロープを渡し、後続者がそれを伝うことで上陸の負担を軽減するためだ。逆に蜂須賀からすれば、このロープが命綱になっているというわけだった。

メンバーたちは蜂須賀の上陸を確認した後、二艘のボートの連結作業を始めた。

蜂須賀はそれを見て、ザックから杭とハンマーを取り出す。砂浜の中でも安定している場所を選び、杭を打ちつけてロープを縛る。

ボートのメンバーに手で合図を送った。ウエットスーツ姿のメンバーたちが順次海に入っていく。

「やった、私が二番乗り」

蜂須賀の大学時代の一年後輩である姫宮《ひめみや》歌織《かおり》が、二番手として上陸した。彼女の専門分野は爬虫《はちゅう》類と両生類。蜂須賀は哺乳類・昆虫全般と進化学を得意としている。

「俺に感謝しろよ」

「蜂須賀さんは余裕でしょ。どんな秘境でも突撃していく人だから」

姫宮はザックを浜に下ろし、肩で息をしながら二重瞼《ふたえまぶた》の大きな目を細めた。

彼女の表現は誇張でもなんでもない。蜂須賀は環境により独自に進化した固有種の魅力に取り憑《つ》かれていて、秘境といえる場所だろうが、そこに固有種がいると聞けば飛んでいく。命が危険にさらされた経験は一度や二度ではない。

「俺は秘境のおかげでメシが食えているようなものだしな。お、続々と来たぞ」

三番手は植物担当の三反園《みたぞの》正晃《まさあき》、四番手は土壌生物担当の土屋《つちや》祐輔《ゆうすけ》。その後に民間リゾート企業の「サウスリゾート」社員の相馬《そうま》美冬《みふゆ》と猪熊慶二《いのくまけいじ》が続く。彼らを挟んで海洋生物・甲殻類担当の水原舞《みずはらまい》、鳥類担当の鷹取敏夫《たかとりとしお》、そして最後に団長の今福直久《いまふくなおひさ》が上陸した。

皆、疲れたという表情を隠そうとしなかったが、それでも顔つきには充実感とこれから始まる調査への期待感が見てとれた。

蜂須賀はザックから引っ張り出した青いタオルを首に巻き、島のほうを眺めた。

砂浜のすぐ近くまで原生林が迫ってきている。鳥の鳴き声を耳がとらえ始めた。意識を集中していたために、今になるまで聞こえなかったようだ。姿は見えないが、ここまで来た旅人を迎え入れてくれるような、そんな軽やかな鳴き声だった。

「ボートを引きあげるぞ。何人か手伝ってくれ」

団長の今福がメンバーに指示を出す。蜂須賀たち数名でロープを引っ張り、二艘のゴムボートを陸に上げた。満潮時にさらわれないよう、砂浜の奥に並べて置く。

「ご苦労さん。上陸時に怪我をした者はいないか？」

輪になった一行の中心に今福が立ち、皆を見渡す。ウエットスーツを着込んだ面々は互いに顔を見合わせた。負傷した者はいないようだ。

桐生丸には二名の医療スタッフが乗船している。他には桐生船長、航海士、機関長、機関士、そして船上から調査のサポート担当としてドローンを操作するベテランエンジニアの雷田周一《らいだしゅういち》の、合計十人が現在乗っている。船員と調査団員に体調不良者や怪我人が出た際には、医療スタッフが治療に当たる手筈《てはず》になっていた。

「問題ないようだな。今日から五日間、よろしく頼む。こうして東硫黄島への上陸を果たしたわけだが、感慨に耽《ふけ》っている暇はない。さっそくベースキャンプを設営しよう。この気候だしウエットスーツはすぐに乾くはずだ。人の目もあるから、テントを張った後に各自その中で着替えてくれ。サウスリゾート社の相馬さんと猪熊さんは、できる範囲で設営をお手伝いください」

「ええ、いいですよ。できる範囲で、ね」

すらりとした長身の相馬が、濡れた栗色《くりいろ》の髪を掻き上げながら応じた。背は低いが体格の良い猪熊は体力に自信があるのか、握った拳を軽く上げた。

六月半ばだが、亜熱帯海洋性気候に属する東硫黄島の気温は日中で三十度を優に超える。要は真夏と同じだ。年間の平均気温は二十四度。最高気温は四十度前後に達する。夏期はスコールが多いのも特徴だ。

蜂須賀は手首にはめたダイバーズウォッチを確認した。朝七時半に桐生丸を出発したが、もう九時を回っている。気温はじりじりと上昇し始め、時計盤の温度計の数字は二十八度を表示していた。

上陸地点は傾斜がなだらかな島の北側だ。

東硫黄島は直径約二・五キロの円形に近く、南側が大きく隆起しているが起伏は少ない。西側は波の影響か岩場が多いために上陸は困難だ。東側には海岸と呼べるスペースはなく、海の近くまで木が鬱蒼《うっそう》と茂っていた。島のほとんどが原生林に覆われ、オガサワラビロウという小笠原諸島固有のヤシの木も多く自生している。

特徴的な地形としては、島の中心部に小さな沼地があり、南側に約三十メートルの切り立った断崖が形作られている。海底火山の一部に相応《ふさわ》しい峻険《しゅんけん》さで、崖の高さはマンションにすると十階ほどだろうか。

当然ながら四方は海に囲まれ、周囲に島影はない。この島を除き、世界のすべてが水没してしまったような、そんな錯覚すら抱かせる。

北側の海岸から少し奥に入った東寄りに開けた場所がある。そこがベースキャンプの候補地だ。事前の会議で、今福が航空写真を見て判断した。だが実際の状態を確認しなければ、ベースキャンプに適しているかはわからない。

「ようし、行こう」

今福の号令で、上陸時に一度置いたザックを皆が背負う。男性陣は折りたたんだテントの入った防水バッグも同時に肩に掛けて歩き始める。食料や水の入った大型のケースも運び入れているが、重量があるため、先にベースキャンプに各自の荷物とテントを置いてから取りに戻ることになった。

「猪熊。持ってくれる？」

「はいっ」

サウスリゾート社の相馬が猪熊に荷物を渡し、先に歩いていく。はぐれずについていく子どものように、猪熊があたふたと追う。

「あの様子だと普段から相当こき使われているな」

二人の力関係を見た蜂須賀がにやりと笑うと、姫宮が「上司と部下だしね」と同情するように言った。相馬は三十歳前後だろうか。猪熊は相馬より年長に見える。年下の上司だけに、余計に気を遣っているようだった。

サウスリゾート社は「無人島固有種ツアー」の企画を目論んでいて、最終的には会員制の超高級コテージの建設を目指している。

固有種が守られている東硫黄島では、外来生物の持ち込みは絶対禁止となっている。そのため、立ち入り場所の制限や衛生面に充分配慮した建設計画を立てているという。上陸そのものが制限されているから、宿泊する際には自治体の許可が必要だ。非常に高いハードルが多々あり、集客はおろか施設の建設すら難しいはずだが、サウスリゾート社は自信を持って計画を進めている。蜂須賀はそんなことは無理だし、もし本当に計画が決定しそうになったら絶対に抗議、いや、阻止してやると考えていた。

ところが団長の今福はリゾート計画について、意外にも「面白いんじゃないか」と限定的ではあったが賛同した。限定的というのは、もちろん固有種の保護が何をおいても優先されるという条件つきだからだ。

そのため島の状況を見てもらおうと、今福は今回の調査にサウスリゾート社の社員の同行を打診した。サウスリゾート側は即諾。企画立案・推進者である企画課長の相馬と、係長の猪熊を派遣した。調査の結果、宿泊施設の建設が困難になったとしても、クルーズやダイビングツアーの企画は実現したいと考えているらしい。硫黄列島を船で巡って遠目から眺めるツアーはすでに存在するから、その程度なら蜂須賀も許容範囲ではあったが。

姫宮が濡れた黒髪を揺らしながら、「私たちも行こう」と足を踏みだした。肩に掛かる髪が陽の光を受けて煌《きら》めいている。

蜂須賀が横を見やると、鳥類担当の鷹取が海のほうに双眼鏡を向けていた。鷹取は蜂須賀よりちょうど一回り年上で今年四十二歳。鳥に人生を懸けている研究者だ。濁りのない瞳を輝かせながら、日々双眼鏡を片手に精力的に活動している。

早くも観察に余念がない様子の鷹取に少々呆《あき》れながら、蜂須賀は訊《き》いた。

「鷹取さん、もう調査開始ですか」

「海鳥が見えたんでね、つい。ほら、アカオネッタイチョウだ。尾が赤いネッタイチョウだよ」

海上を滑るように、白い鳥が飛んでいく。長くて赤い二本の尾を靡《なび》かせ、優雅に飛んでいる。

「ほう。あれはいいですね」

蜂須賀はその雄姿に思わず顔をほころばせた。鷹取も嬉《うれ》しそうに応じる。

「インド洋にもいるから固有種ではないけど、日本での生息域、繁殖域は硫黄島周辺や小笠原諸島が主だね。で、向こうに見える白いのが『桐生丸』。明日になればドローンを飛ばしてくれるはずだね」

沖合に停泊している「桐生丸」の白い船体が肉眼でも見える。

ドローンを操縦するのは東京科学博物館のエンジニアの雷田だ。今日はテスト飛行を船の周りで行い、明日は島の周囲の海上調査、明後日から島全域を調査する予定だ。ドローンは周辺海域、崖の側面にある穴、樹上にある鳥の巣など、人の立ち入れない場所を上空から空撮したり、採取した貴重な試料を運んだりするために、なくてはならない戦力だ。特に今回は長距離・長時間飛行タイプの産業用ドローンを専門業者からレンタルし、目ざましい成果を得ることを期待されている。

「鷹取さんの双眼鏡なら、船長の顔が認識できるんじゃないですか」

「それはさすがに無理だね」

鷹取が鷲鼻《わしばな》の上にのせた双眼鏡を覗《のぞ》きながら、真面目に返答する。そして双眼鏡を目から離すと、ザックからノートとペンを取り出してメモをとりはじめた。

「上陸の際に濡れませんでしたか？」

「耐水製のノートとペンだから大丈夫だよ。そうそう、航行中に桐生船長も同じものを使っているのがわかって盛り上がってね。海の男に認められたような気分だよ」

「それは何だか嬉しいですね」

「ちょっと、二人とも。置いていきますよ。ほらほら」

動物を追い立てるような姫宮の声が飛んできた。蜂須賀と鷹取は苦笑しながら振り返り、ベースキャンプ候補地へと向かった。

候補地はベースキャンプ設営に充分な資格を持っていた。

原生林の切れ間の細長い草地だが、背の高い木々の枝がせり出してきていて直射日光を防いでくれている。草地は東西に長く、五十メートルほど先まで見渡せる。ここにテントを張ろうと決め、設営を開始した。

男性が六名、女性が三名。テントは二人用のドームテントで男性用が三つ、女性用が二つ。男性用は今福と猪熊、蜂須賀と鷹取、三反園と土屋が同じ組だ。サウスリゾート社の相馬は一人が良いと主張し、自動的に姫宮と水原が組む結果となった。もっとも、仲の良い姫宮と水原は最初から二人でテントを使うつもりだったようだ。

各自、ウエットスーツを着たままテントを張る作業を行った。暑くて動きにくいから、蜂須賀は上半身だけを脱いで、腕の部分を腰に巻きつけた。土屋と三反園も同様の格好をしている。

食事のための火をくべるスペースを男性用と女性用の間に作るため、男女のエリアの距離は十メートルほど離してテントを設置する。

「猪熊、そっちが終わったら手伝って」

「はいっ」

相馬はゆっくりとテントを広げ、休みながら作業している。猪熊が焦っているようなので、見かねた今福が「あちらを手伝って構いませんよ。自分は慣れているので」と助け船を出した。猪熊は恐縮しつつ、相馬のもとへ行って作業を始める。相馬はほとんど猪熊に押しつけているようだった。

そんな様子を見ながら、蜂須賀は鷹取と協力して、自分たちのテントの設置を済ませた。早く終わったので、夜間に必要になるライトと小型発電機を繋げる作業を行う。ライトは昆虫を採取するためのトラップにも使用するから、蜂須賀は率先して買って出た。

また、先に作業が終わった土屋と三反園、鷹取が、砂浜に置いてある食料や水の入った大型コンテナケースをこちらに運んできた。コンロや少量ずつ包装された紙皿、紙コップなどもあり、全部で六ケースになるため、三人で行ったり来たりして作業を行っている。

一時間半ほどかけ、全員分のテントの設置と大型ケースの運搬が完了した。

相馬はテントが張られるやすぐに「着替えてくるから」と、ザックを担いで中に入っていく。

水原が額の汗をタオルで拭いながら、姫宮に訊いた。

「歌織ちゃん、私たちも着替えよっか」

「うん、汗ぐっしょり。行きましょう」

姫宮と水原がテントの中に消えていく。

水原舞は三十二歳の中堅研究員だ。いつも笑っているような表情をしており、普段からおっとりとしている。海洋生物と甲殻類が専門のため、今回は沿岸部を中心に調査する予定だ。海辺は日差しを遮るものが少なく、肌を露出しない服や日焼け止めでしっかり対策をとる必要がある。

男性陣もそれぞれのテントに入り、動きやすい服装に着替えた。蜂須賀は青いＴシャツにオリーブ色のカーゴパンツ姿になる。

テントを出ると、着替え終わっていた団長の今福が立っていた。今福は緑色のＴシャツに薄手のベストを着ている。

「……前回と変わっていないな」

今福が草地を見ながら独りごちた。

「前回？」

すぐ近くで聞いていた蜂須賀が訊き返す。

「ん、蜂須賀か。ああ、十五年前の全島調査だ。俺は参加していないが、写真などの記録を見たんでね。人が立ち入らないと、十五年も経《た》っても変わらないんだと思ってな」

「そうですね。固有種の調査、期待できますね」

「大いにな。まだ着替え中の者もいるが、先に桐生船長に連絡しておくか」

今福が自分と猪熊のテントの脇に置いてある、無線機のマイクを手に取った。テントの設置が終わったら、桐生船長に上陸成功の報告をすることになっていた。

硫黄列島の東硫黄島、北硫黄島、硫黄島、南硫黄島のうち、自衛隊の飛行場がある硫黄島を除けば携帯電話の電波は届いていない。電話は沖に停泊している桐生丸に搭載されている衛星電話のみだ。

遠方にいる桐生丸との交信は、無線従事者免許を持つ桐生船長との間で、その無線機を利用するよう申し合わせていた。上陸団の中では今福と鷹取だけが無線の免許を持っている。今福は自前の船に積んでいる無線の利用、鷹取は趣味でアマチュア無線をするから、二人とも免許を取得していた。よって桐生船長との交信は、今福か鷹取が行うように決めていた。

一方、メンバーたちには島内での遭難などに備え、免許が不要な特定小電力トランシーバーを一人一台ずつ配られていた。無線機は五キロ、トランシーバーは五百メートルの交信距離を持つ。

「こちら今福です。無事に上陸しました。桐生船長、どうぞ」

『こちら桐生です。それは良かった。体調不良者や怪我人が出たら、速やかに連絡してください。いい調査ができるよう願っています。どうぞ』

「ありがとう。船長たちもサポートのほう、よろしくお願いします。以上」

今福は短い会話を終えてマイクを本体に戻す。その間に、三反園と鷹取がテントから出てきていた。着替えが終わっていない者にも聞こえるよう、今福が声を張り上げた。

「調査を開始しよう。昼食は各自で。午後六時までには戻ってきてくれ。夜になると島は真っ暗になる。熱中しすぎて時間を忘れないように」

「今福さんが一番危険じゃないですか」

　蜂須賀が即座に突っ込むと、三反園と鷹取が笑い声をあげた。

　今福は動植物全般、河川・湖沼生物を専門にしており、今年五十歳を迎えるというのに非常にタフな研究者だ。丸三日間、寝ずに山野を駆けまわって調査し続けたという逸話がある。しかも借金をしてまで新型の小型船を購入し、つい最近も、約二ヶ月前から一ヶ月半以上をかけて日本の島々を回ってきたばかりだ。隠岐諸島《おきしょとう》や五島列島《ごとうれっとう》、沖縄、奄美《あまみ》、種子島《たねがしま》、瀬戸内海《せとないかい》などの単独調査を実施し、戻るやいなや今回の調査の準備に取りかかった。帰京したのは東硫黄島への出発四日前という慌ただしさだった。もっとも今回の計画に向けて半年ほど前から入念な打ち合わせと準備をしてきたから、最終確認をするだけで済んでいた。

　先月は蜂須賀も大分県と宮崎県に生息する固有種の調査のため、九州地方に赴いていた。自分は一週間だったが、今福はあれだけの距離を二ヶ月足らずで回り切ったと聞いて驚異的に思えたものだ。

「熱中して帰れなくなったら、やむなく一人で野宿だな」

　口の周りにたくわえている髭《ひげ》を動かしながら、今福が楽しそうに笑う。むしろそれもいいな、という顔つきだ。

「団長なんだから、ちゃんと戻ってきてくださいよ」

「俺が戻れなかったら、蜂須賀が団長代理だな」

「それは勘弁」

「はは。ところで、サウスリゾート社のお二人はこういった場所は慣れていないでしょうから、あまり遠くへは行かないでください」

　今福が目の前にいる猪熊に要請した。猪熊もＴシャツ姿に着替えていたが、肩や胸の筋肉の膨らみがわかるほどに生地が突っ張っている。何かスポーツでもしているのだろうか。

「隈《くま》なく見ないと調査にならないので、それは無理です」

　猪熊が困ったような声で答える。

「そう、隅々まで調べなきゃ。どこが施設の建設に適しているかわかりませんから」

　相馬がテントから出てきて、今福の前に立った。いかにも探検をしにいこうという、カーキ色のサファリハットをかぶり、同じくカーキ色の長袖のシャツとワークパンツに着替えている。首には日焼けや虫を防ぐためか、しっかりと紺色のタオルを巻いていた。

「しかしですね」

「猪熊はこう見えて格闘技をやってるんです。少しくらいの危険なら平気ですよ」

「去年始めたばかりですけど」

猪熊が小さくファイティングポーズを作る。やはりスポーツをしており、しかも格闘技。だから今回の調査に選ばれたのかもしれない。

「この島に人を襲うような猛獣はいませんよ。では……中心部の沼地は危険なので避けてください。あと南側の崖も。そういった場所は候補地には適さないと思いますが」

「ええ。仕事柄、施設の建設場所の見極めには長《た》けていますから」

相馬が自信に溢《あふ》れる声色で応じた。

「わかりました。とはいえ、ご安全に。さあ、皆、調査を始めよう」

今福が二度、手を叩《たた》く。その音が合図となって、五日間に及ぶ調査が開始された。

2

蜂須賀は昆虫採取用の網とプラスチックケース、吸虫管と呼ばれるスポイトなどの小道具、各種トラップをザックから取り出した。それだけでも結構な荷物になる。

蜂須賀は哺乳類も専門だが、南硫黄島同様、この島にはオガサワラオオコウモリしか確認されていない。捕獲できれば調査するが、種類も多い昆虫の調査を優先することになっていた。

道具類を脇に置いてストレッチをしていると、姫宮と水原がテントから出てきた。姫宮は薄紫、水原はスカイブルー地の長袖のＴシャツを着て、二人とも探検帽を目深にかぶっている。どちらもＵＦＯのような形をしたベージュ色の帽子だ。

「そのストレッチ、蜂須賀さんのルーティン？」

座り込んで前屈をしている蜂須賀に、姫宮が訊《たず》ねた。

「ああ。怪我をしないためにな」

「昆虫の採取は大変そうだもんね」

「姫宮の爬虫類、水原さんの水生生物。どちらも捕獲に苦労しそうだけどな」

蜂須賀は両手首をほぐす運動をしながら立ち上がる。二人とも「どんな生き物も、捕まえるのは大変だよねぇ」と互いに口を合わせて笑う。

蜂須賀は小ぶりのザックやカーゴパンツのポケットに道具類を仕舞い込む。入りきらないトラップを手に持って、二人に向き直った。

「俺は昆虫調査の準備が今日の主な仕事だ。トラップを仕掛けて回るのがメインだな。その間に、捕まえられそうな虫がいたら採取する」

「外来種がいないといいねぇ」

姫宮が心配そうに眉尻を下げる。

「そう祈りたい」

固有種はもちろんだが、外来種の存在も調査の重要な項目だ。

外来種というと海外から持ち込まれた動植物を想像するのが一般的だが、本来その地域に生息していない国内の動植物が侵入する場合がある。これらを「国内由来の外来種」と呼び、海外由来のものと区分されている。この東硫黄島には人が生物を持ち込む心配はないが、鳥や流木、漂流ごみなど、どんな経路で入ってくるかわからない。蜂須賀たちは一週間前から「種」のある食べ物の摂取が禁止されていた。自分たちの排泄物《はいせつぶつ》も持ち帰る規則になっているが、念には念を入れての措置だ。

また、蜂須賀が専門とする昆虫は多種多様だ。チョウのように飛翔する種もいれば、チビヒラタムシのように体長二ミリ程度の小さな虫もいる。そのために捕獲方法はさまざまだ。たとえば飛来する虫が衝突すると落下する習性を利用し、液体の中に落として採取するフライト・インターセプト・トラップ。落とし穴を作って地上を歩く昆虫を採取するベイト・トラップ。夜間に光を用いて採取するライト・トラップなどだ。

蜂須賀は最後にサイドバッグを腰に巻き、トランシーバーをつかみ取った。

「さて、行ってくる。二人も気をつけてな」

姫宮と水原に見送られ、蜂須賀は木々の間をすり抜けて奥へと進んでいった。

ツルクサ、樹木状になる木生シダ、小笠原諸島固有のヤシであるオガサワラビロウなどの植物が多く、どれもが活力に満ちているような濃緑色をしている。それらの葉を掻き分けながら歩いていくが、むやみにトラップを設置していては回収時に時間がかかってしまうし、最悪見つけられなくなるおそれもある。そのため事前に航空写真を印刷した地図を用意し、どの辺りにトラップを設置するか決めていた。

蜂須賀はその地図に位置を記録しながら、ベースキャンプに近いところからトラップを配置していく。

苔《こけ》むした石に足を掛けた時だ。目の前を青紫色の羽をひらめかせるチョウが横切った。

「あれは……ウラナミシジミか」

ウラナミシジミは日本全土に多く見られるチョウだ。移動性の高いチョウだから、この島にもいるようだ。トラップの設置を優先するために今は捕獲せず、サイドバッグからデジタルカメラを取り出して撮影だけしておいた。

こうして島の中を歩き回っていると、調査メンバーたちに出くわすことも多い。

島の中心部にある沼地では、今福が沼に半身を沈めながら貝や水生昆虫、湖沼植物などを精力的に調べている。沼の中は急に深くなる場所があるから、慎重に調査をしているようだ。ハサミで水草を採取している。集中して作業しているようだったので、声はかけずに西の岩場のほうに向かう。

沼地近くの木々の根もとで、植物専門の三反園正晃が固有植物の花や葉を採取したり、写真に撮ったりしていた。

三反園は二十八歳の若手研究員だ。大学時代から活発にフィールドワークを実施し、数多くの論文を発表して将来を嘱望されている。上昇志向が強く、いずれは博物館長の座を目指していると聞いたことがある。今福から指名され、今福とともにリゾート計画採択の評議会メンバーに選出されていた。野心家の三反園と冒険家肌の蜂須賀はあまり気が合うとはいえなかったが、彼の能力は蜂須賀も一目置いていた。

「三反園。どうだ？」

「ああ、蜂須賀さん。この島は素晴らしいですね。ここからほど近い南硫黄島の環境に似ていて、おそらく両島にしかない固有種が見られます。たとえばこれ、ウミノサチスゲ」

三反園は足下に生えている、緑色の細い葉を指した。ニラに似た葉が根もとからびっしりと伸びている。

「ほう」

「目に入るもの、すべてが新鮮です。ただ、アメリカ原産で日本に帰化してしまっている、オオバナノセンダングサを見つけました。海鳥に付着した種子が運ばれたのでしょう。この植物はすでに沖縄、四国、小笠原諸島にまで広がっていますから、やむを得ないといったところでしょうか。南硫黄島でも発見されていますし」

三反園が眼鏡の位置を直しながら、早口で説明する。オオバナノセンダングサは秋の時期に白い花を咲かせるキク科の植物だ。

「鳥に運ばれてしまっては、どうしようもないな」

「もとはと言えば、十九世紀中頃に園芸目的で輸入されたのが原因なんですけどね」

「発端は人間か」

交通機関が発達した十九世紀以降、世界中で人の行き来が盛んになると、それに伴って地域固有の動植物が人とともに移動するようになった。観賞用の植物や食用ガエルのように意図的に運び込むものもあれば、ネズミや昆虫のように貨物船に紛れて意図せず運び込まれるものもある。

日本にも多くの国外外来種が持ち込まれた。捨てられたペットが野生化し、固有の生態系に深刻な影響を与えている例もある。また近年では南米原産のヒアリが問題化しており、稀《まれ》ではあるが嚙《か》まれるとアナフィラキシーショックで人が死に至る場合もある。二〇一七年に初めて日本国内で発見され、中国広東省《かんとんしょう》から神戸《こうべ》港《こう》に入った貨物船の海上コンテナの中に紛れ込んでいた。横浜《よこはま》、福岡、大阪、名古屋《なごや》などでも確認され、都度駆除されてはいるが、その後も相次いで見つかっている。

外来種問題への意識が高い現代ですらこうなのだ。交通機関発達の黎明期《れいめいき》に、各地域にのみ生息していた動植物が爆発的に広がっていったことは想像に難くない。

「あとは、ほら、あそこの黄色い花。小笠原諸島固有のテリハハマボウです。ここにも根づいているんですね」

三反園が指を差したほうへ目を向けると、びっしりと生えているハート型の葉に浮かぶように、いくつかの黄色い花が咲いていた。鮮やかな黄色の花びらの中心部は暗赤色で、一度見たら忘れられないような不思議な魅力を放っている。

「綺麗《きれい》な黄色だな」

「でしょう？　ところが夕方には花びらが赤色に変化するんです」

「そうなのか」

「アサガオやハイビスカスと同じく一日花なんですよ。だから、夕方になったらまた観察しようかなと」

三反園は眼鏡の弦に指を添えながら楽しげに話をしていたが、喋《しゃべ》りすぎたと思ったのか蜂須賀に目を向けた。

「蜂須賀さんのほうはどうです？」

「俺はこれからだ。トラップを仕掛けにいくところだ」

「そうですか」

「だから俺も忙しいんだよ。油を売っている場合じゃないな」

暇人を見るように冷たい目をした三反園と別れ、目指していた島の西側へ向かった。

すると岩場に近い草地で、土壌生物専門の土屋が石をどかしたり、地面を掘り返したりして調べ回っているのを見かけた。

「土屋。何かいたか？」

蜂須賀は声をかけた。

土屋は顔を上げずに「蜂須賀さん、ども。まだまだこれからです」と背中で応じ、石の下の土を軍手ですくい上げ、ふるいにかけ始めた。ビニールシートが敷かれており、ふるいに残ったり、そこからシートに落ちたりした土壌生物を指やピンセットで採取する。小型の昆虫やミミズといった生物が捕れるはずだ。土屋は熱心に作業を続けている。

土屋は三反園と同じ年の二十八歳。二人は気が合うようでランチや居酒屋に足繁《あししげ》く繰り出している。蜂須賀は三反園と親しくないこともあって、自然と土屋とも距離ができていた。だからといって反目し合っているというわけではない。挨拶や仕事上の話は普通にする程度の仲だ。

「邪魔だったか」

蜂須賀が申し訳ないといったように訊くと、土屋はわずかに顔をこちらに向け、太い眉を上下させた。

「いえ。地元なんで、熱が入っているだけですよ」

土屋は小笠原の父島出身で、小笠原諸島はまさに彼の地元にあたる。今回の調査をとても楽しみにしており、事前の会議の折にその思いを公言していた。

「そうだったな。じゃ、俺も仕事の続きをするよ」

蜂須賀は土屋に軽く手を挙げ、この場を去った。

岩を打ちつける波音がことさら大きく聞こえてきて、その音に誘われるようにして西の岩場に出た。波が荒く、岩と衝突して飛沫《しぶき》が上がっている。岩肌は不定形で、トラップの設置は難しそうだ。それに虫もそう多くはいないだろう。

少し高さのある岩に上り、南西の方向を遠望した。南硫黄島があるはずだが、肉眼では見えない。南硫黄島は直径約二キロで標高が九百メートルを超える円錐形《えんすいけい》の島だ。東硫黄島と同様に人の立ち入りは厳しく制限されており、数多くの固有種が生息している。凄《すさ》まじい高低差のため、独特な生態系を形作る一方、調査の難易度は格段に高い。いつか南硫黄島にも挑みたいものだと思いながら、蜂須賀は目を細めた。

しばらく水平線を見つめた後、上陸地点に近い北側の海辺に足を向けた。砂浜近くには虫がいるはずだ。

周囲の木々の背が低くなってきて、砂浜が見えてきた。左手の小高い丘を望みながら、砂浜との境目にある木の根もとや草地にトラップを設置しようとして海に目を向ける。すると水原が、愛用のタブレットＰＣを手にして海岸線を行き来しているのが見えた。少し曇ってきたからか、帽子を取って首の後ろに回している。トラップ一式をその場に置き、蜂須賀は水原のもとへと歩み寄る。

「あら、蜂須賀君」

蜂須賀に気づいた水原が声をかけた。

「調査、どうですか」

「外洋で危険だから海に入れないのは残念だけど、浜に打ち上げられた海藻や貝、カニとか、いろいろいるから面白いよ。向こうの小さな岩の間にウツボみたいな魚もいたし。でもタブレットＰＣを置いておいたら、オガサワラモクズガニに背面を傷つけられちゃって。タブレットの後ろから這《は》ってきて、ハサミか脚の先で引っ掻いたようなの。オガサワラモクズガニは冬から春にかけてが産卵期で、陸から海にやってくるんだけど、まだ海にいたんだね。小笠原本島のカニとはやっぱり少し違うみたい」

オガサワラモクズガニは小笠原諸島の固有種だ。大型のカニで、ハサミや脚に毛が生えており、それが藻《も》屑《くず》に似ているためにそういう名がつけられている。

「でも、こいつらのハサミは強力だから。指を挟まれなくて良かった」

「まったくね」

水原は困ったような口調ではあったが、タブレットＰＣの傷をさする顔はどこか愛《いと》おしそうだ。本当に生物が好きなんだなと蜂須賀は思った。

「発電機の設置は済んでいるんで、タブレットに充電する際は遠慮なく使ってください」

「ありがとう。後で使わせてもらうね」

「今日は魚なんですね」

蜂須賀は水原の頭を見ながら言った。魚をかたどったヘアピンで髪を留めている。水原は「おっ」という顔をして髪を撫《な》でた。

「気づいた？　新作なの。かわいくて、一目《ひとめ》惚《ぼ》れしちゃった。着替えの時に歌織ちゃんも褒めてくれたんだよ」

水原は海洋生物をモチーフにしたヘアピンを愛用している。今回の調査のために新しいヘアピンを用意してきたようだ。

「いいですね。じゃ、俺はトラップを設置してくるので」

手を振る水原の見送りを受け、海岸近くにトラップを仕掛けていく。手持ちのトラップをすべて設置し終えたので、補充のためにいったんベースキャンプに戻ることにした。

ベースキャンプに帰ってくると、姫宮がテントの脇に捕獲ケースを並べていた。

「何か捕まえたか」

「あ、蜂須賀さん。オガサワラトカゲがいたよ。準絶滅種」

ケースの中に一匹、十五センチほどのトカゲが入っている。濃い褐色でまだら模様。オガサワラトカゲだ。

「いいね」

「爬虫類はここから近い南硫黄島では、オガサワラトカゲとミナミトリシマヤモリの二種類しか見つかっていないんだよね。何とかしてこの島固有の爬虫類を発見したいんだけど。両生類はいないだろうし。一応、この後沼地のほうへは行ってみるけどね」

南硫黄島では両生類は確認されていない。両生類はこのような孤島にたどり着くことは非常に困難だからだ。卵から幼生期は水中でなければ生きられず、成体となって陸に上がっても乾燥に弱く、水辺の近くでしか生息できない。水源のある場所に人為的に運ばれでもしない限り、前触れなく飛び地に現れることは極めて稀だ。

「固有種は少なくても、外来種の調査があるからな。やることはたくさんあるよ」

「そうね。グリーンアノールなんていた日にゃ、最悪」

グリーンアノールは、アメリカやメキシコに生息する黄緑色のトカゲだ。小笠原諸島がまだ

○4○

アメリカ占領下の六十年代半ば、父島にペットとして持ち込まれたものが逸走したり遺棄されたりしたか、米軍の輸送物資に紛れて侵入したといわれている。在来の昆虫を食べ尽くして絶滅、または絶滅寸前にまで追いやるなど、父島や母島《ははじま》などの生態系に甚大な被害を与えている。日常的に駆除は行われているが、まだまだ終わりは見えない。

「硫黄列島では未発見だから大丈夫だと思うが、油断はできないな」

「蜂須賀さんは何か捕らえたの？」

「トラップの設置作業を優先していた。トラップの成果が出る、明日以降が本番だな」

「うろちょろしすぎて、遊んでるように思われないようにね」

「もう遅いかもな。ところで鷹取さんは？　まだ見かけてないんだ」

「鳥の観察に良いスポットでも発見して、夢中になってるんじゃない？　いつものようにね」

「上陸直後から意識は鳥に向いていたしな」

上陸してすぐにアカオネッタイチョウを見つけ、嬉しそうに双眼鏡を目に当てていた鷹取を思い出す。

「晩ご飯までにはベースキャンプに戻ってくるでしょう」

「そうだな。俺も続きをやってくるか」

蜂須賀は残りのトラップを手にして、ベースキャンプから離れた。

島の東側に出ると、海岸付近でサウスリゾート社の相馬と猪熊が、タブレットを片手に真剣な面持ちで実地調査をしていた。彼らにも彼らなりの信念があって今回の企画を推進しようとしているのだろう。だが、やはりこの島に観光客を入れるわけにはいかない。一度入れてしまえば、どれだけ厳格に外来種の除去をしても侵入されてしまうはずだ。今福も実際にこの地を彼らに見せることで、その貴重さに気づいてもらおうという魂胆なのかもしれない。

二人をやりすごし、蜂須賀は作業を続けた。

遅めの昼食はクッキーのような携行食で、作業の合間に軽くかじった。食べかすを落とさないよう慎重に食べ、ごみはすべて持ち帰るために、ビニールに入れてからザックに仕舞い込んだ。その後、作業に没頭していると、いつしか日が傾き始めていた。トラップの設置がひととおり終わり、ベースキャンプへと帰還した。

午後六時を前にして全員がそろい、夕食の準備に取りかかる。パックご飯や、それにかけるレトルト食品が多い。めいめいが好みの食料を手に取っていく。火を焚《た》いて湯を沸かせば、準備完了だ。蜂須賀はカレーを選んだ。

調査団のメンバーは食事をとりながら、この日の成果を今福に伝えた。毎日の報告をするように指示されているからだ。団長としてメンバーがしっかり調査をしているか把握しておきたいというのが理由だ。とはいえ堅苦しい報告書は不要で、口頭だったり、水原のように調査の際にタブレットＰＣに入力した内容を見せたりとさまざまだ。

「これは興味深いな」

「でしょう？　今福さんには刺さるかなって」

「オガサワラモクズガニか。沼地から海に繋がる水流があるのかもしれないな。海のほうにいたのなら、じきに沼地周辺に戻ってくるかもしれん」

　水原の報告内容が面白かったらしく、今福は熱心に読んでいた。カニや貝など、水原の専門の海洋生物と今福の専門の湖沼生物には共通点も多い。そのため特に感興をそそられたようだ。

「沼地付近ではカクレイワガニを見つけたぞ」

「へえ。九月頃が産卵期だから、今度はカクレイワガニが海に下りてくる番ですね」

　そんな話題に盛り上がりながら、二人は身ぶり手ぶりを交えて談笑していた。

　蜂須賀の近くでは、三反園が土屋に写真を見せていた。夕方になって赤く変色したテリハハマボウの説明をしている。日中に三反園からテリハハマボウの話を聞いた蜂須賀も興味を持って、後ろから覗かせてもらった。あの鮮やかな黄色が、真っ赤な花びらに置き換わっている。たった一日でこうも変色するとはと驚嘆したが、こうした動植物がもたらす驚きに魅せられて、俺たちはこの仕事をしているんだなと再認識する。

　蜂須賀は三反園に礼を言い、周囲を見渡した。相馬と猪熊が少し離れたところでリゾート計画の打ち合わせをしている。

蜂須賀もやや皆から離れ、木々の少ない場所に移動して上空を見上げた。暗幕に銀の砂を散らしたような星々が視界を埋める。夜空の風景も、こうした大自然で行うフィールドワークの醍醐《だいご》味《み》のひとつだ。しばらくその美しさを堪能してから、再びテントのほうを見やる。

テントの脇で姫宮がしゃがみ込んでいた。捕まえたオガサワラトカゲに餌をやっているようだ。蜂須賀は姫宮のほうへ足を踏みだした。

各人がそれぞれの思いを抱きながら、無事に初日を終えた。

3

六月十七日——上陸二日目の朝を迎えた。

昨夜は夜になって巣に戻ってきた海鳥の集団の鳴き声がうるさく、蜂須賀はなかなか寝つけずにいた。鷹取と同じテントだったが、彼は逆になおいっそう興奮して、外に出て遅い時間まで鳥の観察をしていたようだ。

朝、目が覚めたのは午前六時半頃。外は完全に明るくなっていた。この時期、東硫黄島の日の出の時間は東京とほぼ変わりなく、午前四時半頃だ。

隣を見るといつの間にか戻ってきていた鷹取が、鳥の巣のような髪の毛をさらに撥《は》ねさせて寝ている。蜂須賀は起こしてしまわないようにテントを出た。

人の声がしないので、誰も起きてきていないと思っていたが、土屋が辺りを窺《うかが》うような仕草をしてうろついていた。

「おはよう。どうした？　珍しい生物でもいたのか」

「蜂須賀さん、おはようございます。その逆です。三反園がいないんですよ」

「いない？　ただの生理現象じゃないのか」

「僕が起きた時からいないんですよ。かれこれ二十分は経ちます」

土屋はよく焼けた顔を歪《ゆが》め、不審そうに太い眉をひそめた。

「子どもじゃないんだから、そのうち戻ってくるだろ」

「まあ、そうですけど」

土屋が口を曲げて首を傾《かし》げる。腑《ふ》に落ちていない様子だ。

話をしているうちに、メンバーたちがテントから出てきた。爆睡していると思われた鷹取も、頭を掻きながら這い出てくる。互いに朝の挨拶を交わす。

朝食は午前七時からと決めているので、これから手分けをして準備するだろう。

「昨夜は鳥の声がすごかったな。眠れたか？　って、そうでもない顔もあるな」

今福が皆を眺めながら笑うが、何かに気づいたような目をして、「三反園はまだ寝てるのか？」と同じテントの土屋に訊ねた。

「いや、それがですね」

土屋が蜂須賀にしたのと同じ説明をする。

「となると、もう三十分以上になるか。土屋が起きた時にいなかったのなら、実際にはもっと前からか」

「朝日を拝みにでも行ったんでしょうか」

姫宮が手庇《てびさし》を作りながら東の方角へ顔を向けた。太陽はかなり上昇している。

「だとしても、遅いな。心配だ」

今福は姫宮と同じほうを見てから、一度テントに戻ってトランシーバーを取ってきた。

「トランシーバーを持っていってるかもしれないから、まずはこれで連絡をしてみよう」

皆が「お願いします」と応じ、今福はトランシーバーを口元に当てた。

「こちら今福。三反園、応答を。どうぞ」

しばらく待ったが返事はない。今福が繰り返し呼びかける。

「駄目だな」

今福は眉根を寄せ、トランシーバーを口から離した。

「捜しましょうか」

水原が不安そうな表情をして提案する。土屋は最初から三反園を案じていたから、「そうしましょう」と即応した。蜂須賀、姫宮、鷹取も同意する。サウスリゾート社の相馬と猪熊は少し面倒くさそうに渋面を浮かべたものの、三反園の捜索に加わってくれた。

さっきは軽く考えていた蜂須賀だったが、さすがに不安になってきた。

「二人一組で四方を捜してはどうですか」

蜂須賀の提案に今福が「そうしよう」と応じて指示を出す。

「俺と土屋は南側に行こう。蜂須賀と鷹取は西側、姫宮と水原は東側に。サウスリゾート社のお二人は北側をお願いします。皆、トランシーバーを携行していってくれ。何かあったらすぐに連絡を」

皆がそれぞれトランシーバーを手にし、各組が受け持ちの方角へと散っていった。

三反園の名を呼ぶ皆の声が、島内にこだまする。しかし返事はない。

蜂須賀と鷹取は開けた草地を歩いていった。

百メートルほど進むと、背の高い木が増えてくる。それらの木々の間をくぐり抜けながら、さらに五十メートルほど分け入った。すると、また少し開けた場所が現れた。陽《ひ》が斜めに降りそそぎ、その一帯が明るくなっている。周囲にオガサワラビロウが繁っていた。

「あっ。あれは」

蜂須賀が気づいた。オガサワラビロウの根もとで、人が横になっている。三反園か。

「おうい、三反園」

蜂須賀が大声で呼びかけるが、近づくにつれて不穏な光景がはっきりと見てとれた。

三反園の黄色だったＴシャツが赤く染まっている。その赤は胸元から流れ出ていた。

血だ――。

「三反園！」

「三反園君！」

蜂須賀と鷹取は叫びながら駆け寄った。

横たわる三反園を直視し、二人とも言葉を失った。

Ｔシャツの左胸が鮮血で染まっている。胸を刃物のようなもので刺されたのは明らかだった。

そこから噴き出したマグマのような血が、火山列島である東硫黄島の地を赤黒く覆っている。

しかし――。

蜂須賀は三反園の顔を見て絶句したのだ。おそらく鷹取もそうだろう。

三反園は目を大きく剝《む》いたまま微動だにしない。眼鏡の奥にある魂の抜けた瞳は、ただ虚空を見つめている。

だが――二人の視線は三反園の口に固定されていた。

三反園の口から大量の植物の種子が溢れ出している。

一瞬、何が起きているのかわからなかったが、すぐに蜂須賀は種子だと認識した。口腔《こうこう》いっぱいに詰め込まれているのだろう。入りきらなかった種子が、地面に散らばっている。口は大きく開かれ、唇の周囲には胸を刺された時に吐き出したと思われる血がこびりついている。

その形相と異様さに、二人はしばらく声もなかった。

「……鷹取さん」

「あ、ああ。これはどういうことなんだ？　どうして、こんな……」

鷹取は声を震わせて、三反園の死体から視線を背けた。恐怖心のせいか、両手が小刻みに揺れている。

蜂須賀もあまりのことに取り乱しそうになるが、ざわつく心を強引に抑え込む。目をすがめ、三反園の口とその周囲を見下ろした。血の臭いを嗅ぎつけたのか、何匹もの大小のハエが三反園の遺体に取りついている。

「これは種子……ですね。俺には何の種子かわかりませんが」

蜂須賀はハエを払いのけながら屈み込み、こぼれ落ちている種子を拾った。四から五ミリほどの大きさ、茶色のラグビーボール形で、表面に小さな溝が走っている。

「な、何だろうね。それよりも皆を呼ばないと」

鷹取が体を反転させ、ベースキャンプのほうへ戻ろうとする。

「鷹取さん、トランシーバーがありますよ」

「そ、そうだった」

鷹取はいまだ混乱の中にいるようだ。蜂須賀が「俺が伝えます」と言って腰を上げ、カーゴパンツのポケットからトランシーバーを取り出した。全員が同じチャンネルを利用しているので、通信可能範囲内であれば同時に通話ができる。

「こちら蜂須賀です。応答どうぞ」

『こちら今福。見つかったのか？』

すぐに今福の声が応じた。そう遠くまで行っていないようで、音声はクリアだ。

「はい。ベースキャンプから西へ百五十メートルほどの地点です。少し開けた場所があり、そこに生えているオガサワラビロウの根もとに倒れていました」

『無事なのか？　怪我はしていないか？』

「いえ、それが……」

『三反園と話せるのなら、代わってくれ』

「死んでいます」

○5○

『え？　何だと？』

今福の衝撃が伝わるほどの、驚きに満ちた声色だった。

『どういうこと？　わけがわからないんだけど』

相馬の興奮したような声が割って入る。

「とにかく皆、来てください。姫宮たちも聞いているか？」

『うん……すぐ向かうよ』

姫宮もショックを受けたように、小声で応じた。少々離れたところにいるのか、雑音が混じる。声が小さく聞こえたのは、そのせいもありそうだ。

『皆がそれぞれいる場所からだと、位置がわかりにくいだろう。ベースキャンプで合流してから西に向かおう。蜂須賀たちはそこで待っていてくれ』

今福は冷静さを取り戻したようで、皆に指示を出す。

「了解です」

蜂須賀は通信を切り、トランシーバーをカーゴパンツのポケットに押し込んだ。

鷹取を見ると、現実から逃避するように空を見上げていた。鳥が飛んでいる。好きな鳥の姿を見て、心を落ち着かせようとしているのだろうか。

蜂須賀は横たわる三反園の亡骸《なきがら》を見つめた。

いったい何が起きたのだ。気が合うとは言えない仲間だったが、尋常ではない死に様を前にして、蜂須賀は心に痛みを感じていた。

野心家の若すぎる死。その無念はいかばかりだろうか。

蜂須賀は再びその場に屈み、三反園に手を合わせた。

目を開ける。ふと気づいた。三反園の胸を突いた凶器がない。三反園の口に詰め込まれた種子を入れていたはずのケースや袋などもない。これだけの量の種子を運ぶためには容器が必要だ。それが見当たらない。

三反園の死体と種子以外、何もなかった。

あらためて三反園の姿を確認する。吐血した跡があるが、口を埋める植物の種子はほとんど血で汚れていない。死んでから種子を詰め込まれたようだ。

胸元に目を移すと、黄色いＴシャツを染める鮮血が生々しい。昨日見たテリハハマボウの鮮やかな黄色が、夕方になって赤く変色した写真を思い出した。あの写真は三反園が撮影したものだ。まさか今の三反園を暗示していたのではないだろうが、奇妙な一致に不気味さを覚える。

その嫌な感覚を振り払うように蜂須賀が頭を振った時、遠くから複数の声が近づいてきた。振り向くと、今福を先頭にして皆が駆け足でこちらに走ってくる。

蜂須賀は立ち上がって皆を迎えた。

「これは……」

今福が足を止めて色を失う。

皆、三反園の死体を前に茫然《ぼうぜん》と立ち尽くしている。

太陽の日差しが降りそそぐ。全員の顔や首筋に汗が煌めいている。それは暑さからだけではないことは明らかだった。

このような絶海の孤島に足を踏み入れたからには、風土病にかかったり、怪我をしたりするなど、それなりの覚悟を全員が持っていたはずだ。しかし目の前の光景は予想だにしていなかっただろう。このような事態に対峙《たいじ》する覚悟など、誰も持っていようはずもない。この凶行を犯した人物を除けば。

そう、これが殺人であれば――。

「三反園！」

三反園と仲の良い土屋が最初に動いた。死体の肩に手を当てて、「三反園、しっかりしろ！」と叫ぶ。当然ながら三反園は返事をしない。

「三反園ぉ……」

土屋はその体勢のまま嗚咽《おえつ》し始めたかと思うと、声をあげて泣きだした。

姫宮と水原は肩を寄せ合い、その光景を悲しげに見つめている。サウスリゾート社の相馬と猪熊は、あまりの事態に愕然《がくぜん》とした様子だ。

「誰だ……誰がやった！」

土屋が勢いよく立ち上がり、その場にいる全員を睨《にら》みつける。

皆が一様に顔を見合わせた。名乗り出る者などいない。

「この中にいるんだろ。出てこいよ。何だよ、ちくしょう。三反園、苦しかっただろう」

土屋が手を伸ばし、三反園の口から種子を掻き出そうとする。

「待て。土屋」

今福が慌てて土屋の肩口をつかんで制した。

「どうしてですか。こんな姿のままなんて、かわいそうじゃないですか」

「気持ちはわかる。わかるが、この種子はおそらくツチビノキだ」

「ツチビノキ……本当ですか」

土屋は知っているのか、三反園の口に詰め込まれている種子に目を落とした。今福が土屋の肩から手を離す。土屋は種子をしばし見つめた後、今福を振り仰いだ。

「ツチビノキの種子は初めて見るんですが……でも、ここは……そんなことってあるんですか」

土屋は信じられないといった面持ちで今福を凝視している。

「そんなこととは？」

二人の反応に疑問を持った蜂須賀が訊ねる。

「ツチビノキは九州……それも宮崎県の北部山地の一部にしか自生していないんだよ」

今福の言い放った事実に、全員が息を呑《の》む。今福は動植物全般に明るい。だから気づいたようだ。

「それゆえツチビノキは、絶滅危惧種にも指定されている」

「そんな植物の種子が、どうしてここに。あ……これはまずいんじゃないですか」

蜂須賀の懸念は知っているというように、今福がゆっくりと顎を引く。

「そうだ。絶滅危惧種といえども、この島では国内外来種に相当する。下手に取り出そうとすると、飛散して生態系に影響を与えてしまうかもしれない。それはすなわち、外来種の侵入を許すことになる。ツチビノキがこの地に根づくかはわからないが、その可能性はゼロにしなければならん。そのために我々も体や荷物についた種子や虫の除去を厳格に行ってきたんだ」

今福の説明を聞いていた土屋が、「そうですね」と諦めたように立ち上がる。

蜂須賀はこの大量の種子を見下ろしながら考えを巡らせた。

これは明らかに外部から持ち込まれたものだ。何者かが持ち込んだのか、それとも三反園が密《ひそ》かに運び込んだものなのか。しかしどうしてツチビノキなのか。いや、そもそもなぜ種子が口に詰め込まれているのか。そして三反園が殺された理由は何か。疑問ばかりが浮かんできて、それに対する答えはひとつも提示できない。

「血は？　この血は環境に影響を与えないんですか」

土屋が三反園の胸から流れる血を、指でなぞるような仕草をして今福に問う。

「血液中に何らかのウイルスが潜んでいたら、影響が出るかもしれない。だが、ここに来る前の血液検査では問題なかったから、その点は大丈夫だろう。それに、調査中に怪我をして出血することもある。血そのものはさほど気にしなくていい。ただ念のために遺体を何かで覆っておいたほうがいいだろうな。ハエがしつこく寄ってきているから」

ハエを手で払いのけながら、今福が続ける。

「血液よりもツチビノキの種子が問題だ。生態系に影響を与えるとしたら、こちらのほうが深刻だろう」

「冗談じゃないですよ。生態系が乱されたら、島の価値がなくなってしまいます。人が死んだってだけでも、イメージが低下するのに」

サウスリゾート社の相馬が、突然口を挟んだ。猪熊も深刻そうに頭を縦に振る。

「何だって。こんな時に、そんな言い方はないでしょう」

相馬の暴言を聞き逃さなかった土屋が食ってかかった。太い眉毛がつり上がっている。

「土屋君、落ち着いて。とにかく警察に通報しようよ」

水原が二人の間に割って入る。水原に宥《なだ》められて土屋は口をつぐんだが、相馬がお構いなしに切り返す。

「でも、これって殺人かどうかまだわからないですよね？　病死かもしれないし、事故かもしれないし」

「胸を刺されているんだ。この状況で病死や事故というのはおかしいでしょう。自ら命を絶ったのだとしても、周囲に凶器がないからそれも違う。ツチビノキの種子が口に詰め込まれているのも人為的なものを感じる。死因を調べるのは警察だから、早く通報したほうがいい」

蜂須賀は相馬の見解に堪《こら》えられずに発言した。相馬は殺人によってさらにイメージが悪化するのを避けたいのだろう。しかし土屋の言うように、今この場で話題にするような話ではない。

相馬が押し黙ったのを見て、今福が蜂須賀の意見を採る。

「そうだな。桐生丸に連絡を取ろう」

「無線機を取ってきます」

土屋が請け合って走りだした。島に持ち込んだ無線機は電池式で、肩に掛けて持ち運べる。ところがなかなか戻ってこない。十分、十五分……ベースキャンプまでは約百五十メートル。走って行けば、五分もあれば充分だろう。皆、汗を拭きながらじりじりと待ち続ける。水原がいてもたってもいられないように、「私も行ってきます」とベースキャンプへと向かった。

さらに十分ほどして二人が戻ってきた。土屋は青い寝袋を抱えている。

「すみません、遅くなりました」

「土屋。無線機は？」

今福が不審そうに訊ねると、土屋は首を横に振った。

「無線機が見当たりません。ベースキャンプに戻ったので、ついでに寝袋を持ってきました。三反園が使っていたものです」

土屋が寝袋を三反園のすぐ横に置いてファスナーを開ける。

「警察の捜査を考慮すると、遺体は動かさないほうがいいんじゃないか」

今福が問うと、土屋は寝袋を広げながら答えた。

「ここに放置したままだと、腐敗の進行が心配です。ハエなどの虫も寄ってくるのは見るにしのびないですし、種子の飛散だって防げます。警察にはそう説明すればいいでしょう」

「まあ、そうだな」

土屋が寝袋の口を開けたまま押さえつけている。今福が蜂須賀に目配せした。蜂須賀は察してうなずく。今福が三反園の頭のほう、蜂須賀は足を持って移動させた。三反園は痩せているが、上半身から太腿《ふともも》にかけて死後硬直が進んでおり、遺体は思った以上に重量を感じた。動かした拍子で、種子がパラパラと落ちる。

「落ちた種子は後で見逃すことなく全部拾おう」

三反園をゆっくりと運びながら、今福が言った。遺体を寝袋に納めると、今福と蜂須賀は手を離した。

「すまん、少しの辛抱だ」

土屋が三反園に謝りながらファスナーを閉めようとして、手を止めた。

「これ、注射の痕……？」

土屋が三反園の首筋に顔を近づける。蜂須賀と今福も土屋に倣《なら》って身を寄せた。三反園の首に小さな赤みがあり、その中心に針を刺したような痕がある。今福が目を凝らしながら応じた。

「ああ、注射痕のようだな……」

「犯人がつけたんじゃないですか。麻酔で動けなくして、刃物で刺したんですよ」

「麻酔か……そうかもしれんが、警察に見てもらわないとわからんな」

土屋は「そうですね。有力な証拠になりそうです」と答えてファスナーを閉める。

口腔からの種子の飛散や血の臭いは、これである程度は防げるだろう。土屋が立ち上がり、今福と鷹取に訊いた。

「無線機、使いました？」

「鷹取、どうだ？　俺は上陸連絡の後からは使っていないが」

今福が鷹取に訊ねる。鷹取はまだ動揺しているようで、手を左右に激しく振りながら答えた。

「わ、私……？　いえ、使ってないですよ」

無線機は本体とマイクがコードで繋がっているタイプで、今福と猪熊が使うテントのすぐ近くに置いてあったから、すぐにわかるはずだ。しかし土屋たちは見つけられなかったという。

返答を聞いた今福が、不思議そうに首を傾げる。

「おかしいな。だが、探している時間が惜しい。ボートで桐生丸に戻って伝えるしかないか」

「俺が行きますよ。ボートの扱いは慣れてる」

蜂須賀が手を挙げ、上陸地点の砂浜まで駆けた。

浜に置いてある二艘のゴムボートに歩み寄る。すぐに変だと気づいた。張りがあるはずの黄色の表面に皺《しわ》が寄り、蛇の抜け殻のように空気が抜けて萎《しぼ》んでしまっている。

――何が起きた？

移動の際にバルブの栓が外れてしまったのだろうか。いや、そんなことは……と思って点検した。バルブはしっかり閉まっている。全体をチェックした後、裏返して底部を確認した。異状はそこにあった。

穴――。

二艘とも、底に大きな穴が開いている。明らかに鋭利な刃物のようなもので切り裂いたもの

○6○

だ。これだけ派手な穴が開いていると、修復は不可能だろう。

蜂須賀はボートの周囲を歩き回って探った。何も落ちていない。足跡はあるが、その多くがボートを皆で置いた時のものだ。これでは誰の仕業かわからない。いや、どのような人物がこの工作をしたのかは明らかだ。ゴムボートだけでなく、無線機の件もだ。

それはきっと、三反園を殺した犯人だろう。

「誰なんだ」

蜂須賀は皆がいる方角に顔を向けた。足に何かが当たった。下を見ると、オガサワラモクズガニが這っている。人間たちが苦境に陥っていることなど知らぬふうに、ぐいとハサミを持ち上げた。蜂須賀はカニにため息をこぼすと、重い気分のまま足を踏みだした。

皆のもとに戻ってボートの件を伝える。皆の顔が一段と険しくなった。

「どういうことですか。私たちはここに取り残されたの？」

相馬が今福に尖《とが》った声を投げつける。

「……現状、そのようです」

今福もショックだったのか、苦しそうに頬を歪めた。

「はぁ？　そんなことってある？」

「ドローンは？　雷田さんのドローンが来れば、今の状況を伝えられるんじゃないですか」

姫宮が希望を持たせるように言ったが、今福は残念そうに首を左右に振った。

「今日は島の周囲の洋上調査だ。こちらのほうには来ない」

「あ、そうでしたね。どうしよう……」

「いい加減にしてくれよ。誰なんだよ！」

土屋が我慢できないというように声を荒らげた。

誰も答えない。

皆の視線が交差する。その視線には多分に互いを猜疑《さいぎ》する色が含まれていた。

三反園を殺した上に無線機を隠し、ボートに穴を開けた者がいる。

――この中にいるのだろうか。

いや、ここは東京都でありながら、都心から約千三百キロも離れた無人島なのだ。

――犯人は必ずこの中にいる。

第二章

「土屋《つちや》。まあ、待て」

今福《いまふく》が剣呑《けんのん》な雰囲気を和らげるように言って続けた。

「たとえば無許可で上陸した何者かが島のどこかに潜んでいるかもしれないし、昔、島に来ていた漁師たちが人知れず住みついたのかもしれない。この中に犯人がいるとは限らないんじゃないか」

今福の説に、相馬《そうま》が馬鹿にするように鼻で笑う。

「それはないんじゃないですか。長い間、無人島であることは記録からも確かです。十五年前の全島調査でも人間は発見されていないでしょう？　それは今福さんもよくご存じのはずでは。三十年近く前の漂流者を除いて、近年無許可で上陸したという話もないですよね。

昨日、猪熊《いのくま》と島を検分した際に海へ面した場所を確認しました。仮に最近、無許可で上陸した者がいたとしても、上陸できる場所は相当限られています。北の海岸は私たちの上陸地点だからそこは避けるでしょう。南側の岸壁は不可能。可能性があるとすれば東か西でしょうか。東は原生林が海辺まで迫り、西の岩場も接岸するのが難しそうですが、両方とも無理とまでは断言できないしょうね。でもいずれも、船やボートの類いはありませんでした。誰かが上陸したような痕跡だってなかったですよ」

相馬は各方角を指し示しながらまくしたてた。猪熊が「そのとおりです」と追従する。

「そうですか……いずれにしても、何とかして桐生丸《きりゅうまる》に知らせる必要がある。いいアイデアはあるかな」

今福がきまりの悪さを隠すように、髭《ひげ》を弄《いじ》りながら皆に訊《き》いた。団長という責任のある立場の今福としては、メンバーの中に殺人者がいるという事態は考えたくないのだろう。

「火をおこして狼煙《のろし》をあげるのはどうですか。食事どき以外の時間帯に煙があがれば、異変を感じとってくれるかも」

姫宮《ひめみや》が小さく手を挙げ、最初に提案した。すぐに意見が出てきて、今福がほっとしたような目つきをする。

「なるほど。他には？」

「ジェスチャーや懐中電灯でＳＯＳ信号を出すとか？　懐中電灯は夜にならないと使えないと思いますけど」

続いて水原《みずはら》が腕を振りながら案を出す。

「鏡で太陽光を反射させるのはどうですか」

良案を思いついたというように猪熊が空を見上げた。

「ここは島の北側でしょ。小さな鏡で沖の桐生丸に届くように太陽の光を使うのは、距離や方角的に難しいね。少し雲も出てきたようだし」

相馬がつれない口調で指摘を入れた。猪熊は「そうですね」と、ごつい体を小さくすくめる。

「懐中電灯はわかりやすいかもしれないな。日が暮れるまで待つ必要があるが」

今福が水原の提案を支持する。

蜂須《はちす》賀《か》は話し合いが続く中、輪から離れて死体のあった周囲を確認した。地面に残っていた種子を採取して、持ち歩いているプラスチック製の小型ケースに入れる。寝袋があるからこれ以上の飛散はないだろうが、蜂須賀たちがここに来る前に散らばった種子があるかもしれない。時間をかけてすべて取り除かなければならないだろう。種子の大きさは四ミリから五ミリほど。表面に小さな溝が走っている、茶色のラグビーボール形。特徴的だから、発見には手間取らないはずだ。

蜂須賀がまだ落ちている種子を指でつまんで見つめていると、相馬の鋭い声が降ってきた。

「ちょっと、あなた。蜂須賀さんでしたっけ。皆でアイデアを出し合っている時に何をやっているんです？　今は警察に通報するのが先でしょう」

「ああ、すみません。しかし警察への通報、ツチビノキの種子の採取、両方やる必要があると思いますよ。種子の飛散は防がなければならない。さっき相馬さんも生態系への影響を懸念していたでしょう」

「それはそうですけど。一人で勝手な振る舞いをしないでほしいと言いたかったんです」

「失礼。それで良い案は出たんですか？」

蜂須賀は立ち上がって今福に訊いた。

「まずは狼煙をあげて異変を知らせる。姫宮君のアイデアだ」

「狼煙ですか」

「桐生丸は一キロほど先に停泊している。先に狼煙をあげて、日が暮れたら懐中電灯でＳＯＳ信号を送る。懐中電灯は水原君のアイデアだ。泳ぐという案が出たが、遠浅とはいえ外洋だから波が高くて私たちにはとても無理だ。何かしら物理的に知らせる方法を探っていたんだ」

「狼煙と懐中電灯の案、良いと思いますよ」

蜂須賀が賛意を示すと、今福は皆に向き直った。

「ベースキャンプに戻る前に、落ちている種子を急ぎ回収する。手伝える者は頼む」

種子の飛散を危惧していた今福が率先して拾い始めたのを見て、蜂須賀と土屋が腰を屈《かが》めた。

遺体は寝袋に収容したが、流れ落ちた血が地面に残っている。血が付着している種子も、構わずにケースに入れた。どのみちこのまま警察に提出するだけだ。拾った種子は蜂須賀が持っているケースにすべて集めることにして、回収作業を続けていく。

「もう、見える範囲にはなさそうだな」

今福が念入りに確認した後、軽く手を叩《たた》いた。

「火をおこす準備をしよう」

皆でベースキャンプに移動した。煙が上がりやすいように枯れ葉や枯れ枝を中心に集めた。着火装置とともに、砂浜に持ち運ぶ。そう広くない浜だ。付近の草木から距離をとって、今福が点火装置で火をつけた。細長い灰色の煙が立ち昇っていく。

現在時刻は九時半。朝食が午前七時というのは、桐生船長やエンジニアの雷田《らいだ》は承知している。火を使うのは自炊する時だけだし、このような色の煙は昇らない。桐生たちが異変に気づいてくれれば、雷田がドローンをこちらに向けて飛ばしてくれるはずだ。

停泊中の桐生丸は肉眼で見えるが、船員の様子までは認識できない。

「鷹取《たかとり》、双眼鏡で見てくれないか」

今福が頼むと、鷹取は首からぶら下げていた双眼鏡をゆっくりと持ち上げた。

「船員はいますが、反応まではわかりません。あ、何人か船縁《ふなべり》に寄ってきたようです。気づいたかもしれませんよ」

皆が歓喜の声をあげ、調査船に向かって何度も手を振った。これで何とかなりそうだ。

しかし――。

ドローンはおろか、ボートも一向に来ない。

遠浅を形成する島の周囲の形状から、中型船舶の桐生丸ではこれ以上接近できない。船には救命用のボートが三艘《さんそう》ある。それが使えるはずだが、船内で何か起きているのだろうか。

「おかしいんじゃない？　どうして助けに来てくれないわけ？」

相馬が苛立《いらだ》たしげに足を踏みならす。砂がじゃりじゃり、と音を立てた。猪熊が「変ですよね」と応じる。

蜂須賀は変化のない船から、視線を皆に向けた。

「単純にこちらの意図が伝わっていないのかもしれないが、無線機隠しとボート破損が何者かの手によるものなら、その者は桐生丸にも何らかの工作を施しているかもしれない。エンジンや舵《かじ》、ドローンを壊すとか、救命ボートにも穴を開けるとか」

「そんな……。それだと犯人は、計画的にこの島を閉鎖空間にしたことになるけど」

姫宮が不安げな表情で蜂須賀に訊いた。

「ああ。その場合、調査団以外の人間がこの島に潜んでいる可能性はほとんどないはずだ。この島だけならともかく、船に共犯者がいない限り、桐生丸にまで工作はできないだろうから」

皆が再び顔を見合わせた。その目つきは、今まで以上に互いを疑う色を濃くしている。

○ 7 ○

「昨夜、物音に気づいた人は？」

　蜂須賀が問いかけると、皆は思い出すような目を作る。

「鳥の鳴き声がうるさかったから、気づかなかったなあ」

　水原が顎に指を当てて答える。巣に戻ってきた鳥たちの声がかしましく、蜂須賀自身もなかなか寝つけなかったのだ。物音がしたとしても、誰も気づいていない可能性が高い。

「私も。水原さんと『うるさいねえ』って言い合っていたな。いつの間にか眠れたけど」

　姫宮が水原とうなずき合う。

「俺も同様だな。土屋、三反園《みたぞの》がテントを出ていくのは気づいたか？」

「僕は普段から耳栓を使っているんですよ。鳥の声は完全には防げませんがマシにはなったので、案外すぐに寝られました。だから、わからなかったです」

　土屋の答えに、相馬が首を縦に振る。

「私と猪熊も耳栓を持ってきています。そのおかげか、気になりませんでしたよ。猪熊は？」

「多少はうるさかったですが、特に問題なく寝られました」

「猪熊さんはすぐに眠っていたな。しばらくして俺も眠りについたが」

　今福の発言に、猪熊が安心したような表情をする。

「……鷹取さんは夜中に鳥の観察に行きましたよね。何時頃に戻ったんですか？」

蜂須賀が訊《たず》ねると、鷹取は一瞬「ばらしたな」というように迷惑そうな目をして応じた。

「あ、ああ。十二時頃には戻ったと思うよ。時計は確認してなかったけど」

「三反園を見かけませんでしたか」

「いや、見ていないね。物音にも気づかなかった。本当だよ」

「そうですか……」

鷹取の証言が正しければ、三反園は十二時以降に殺されたのだろうか。哺乳類学を学ぶ際に知った知識だが、人間は死後に全身が硬直するまで十二時間ほどかかる。硬直は上半身から下肢に向けて進んでいくケースが多い。蜂須賀は三反園の足を持ったが、太腿《ふともも》のあたりまで進行していた。あの時は朝の七時過ぎだったから、硬直の状態から判断すると深夜に殺害されたのは間違いなさそうだ。

鳥の鳴き声で寝られなかった者と耳栓を使って眠れた者がいるが、物音自体は鳥の鳴き声に掻き消されてしまっていただろう。夜の状況を把握するのは困難だ。

このことを皆に話すと、怯《おび》えを孕《はら》んだ視線を互いに交わした。

「手荷物検査をしましょう」

相馬が腕を組みながら提案した。意図がわからず、蜂須賀は「なぜ？」と訊ねる。

「犯人は外部からツチビノキの種子を持ち込んだんでしょう？　だったら、誰かのバッグやザックに、こぼれ落ちた種子が残っているかもしれない」

上陸の際、外来種を持ち込まないようにするために、持ち物検査は厳重に済ませてある。その時には誰も問題なかった。

「皆、どうだ？　俺は賛成だが」

今福が相馬の案に乗る。難色を示す者は誰もおらず、全員が承諾した。

ベースキャンプに戻り、皆がそれぞれの荷物をテントから引っ張り出した。

「種子の形は覚えているか？」

今福が訊ねると、水原と猪熊は自信がないという。

「さっき採取したものがありますよ」

蜂須賀がケースに入れた種子を二人に見せる。念のため、他のメンバーにも確認してもらった。四、五ミリほどの大きさで、表面に細かな溝の走る茶色のラグビーボール形だ。

皆が種子の形を記憶し、互いにバッグやザックの中身を確認し合う。蜂須賀は同じテントの鷹取の荷物を調べた。隅々まで探ったが、独特の形をした種子はなかった。

「鷹取さん、何もありませんでした。良かったですね」

蜂須賀はザックを覗《のぞ》き込んでいる鷹取に言った。鷹取は振り返らない。集中しているのだろうか。少し経《た》って、鷹取が「これ」と手を差し出してきた。細い指先がツチビノキの種子をつまんでいる。

「えっ。そんな馬鹿な」

蜂須賀は思わず声をあげた。その声に反応した皆の視線が、蜂須賀に集まる。

鷹取は蜂須賀のザックの底から数粒のツチビノキの種子を取り出し、自分の手のひらに置いた。「証拠だね」と言いながら、それを皆に見せつけるようにして腕をぐっと伸ばす。

「蜂須賀さん、どういうことですか。説明してください」

血相を変えた土屋が声を荒らげて詰め寄ってきた。

「知らん。濡《ぬ》れ衣《ぎぬ》だ。誰かが俺を陥れようとしているんだろう」

「説明になってないですよ」

土屋が厳しい口調で撥《は》ねつける。それを受け、相馬が甲高い声で蜂須賀を詰問し始めた。

「さっき、私たちがアイデアを出しているにもかかわらず、三反園さんの遺体の前で種子を拾っていましたよね。種子を拾いながら、あなたが犯人だとわかる証拠を消していたんじゃないですか」

「違う。あれはただ種子を確認し、回収していただけだ。その後、今福さんと土屋とともにすべて回収したし、そもそも俺が犯人なら、さっきもすんなり皆に種子を見せるはずがない」

「そう装うために、自分から見せると言いだしたとも考えられますが」

相馬は疑心を込めた目を蜂須賀に向けてくる。土屋も「蜂須賀さん、ちゃんと説明を」と聞く耳を持たない。

「待て。蜂須賀の言うとおりかもしれん。もし犯人ならザックの中に種子が落ちていないか入念に調べ、証拠が残らない状態にしておくはずだ。種子があるなんて、致命的じゃないか。桐生丸にも連絡を取れなくするほどの周到な犯人が、そんな単純なミスをするかな？」

今福が蜂須賀に援護射撃をする。が、すぐにちくりと言い添えた。

「しかし、和を乱すような行動は控えたほうがいいな。さっきに限ったことではないがね」

「それは痛いところですが……」

蜂須賀は顔をしかめ、無意識に後頭部を掻《か》いた。

「種子は茶色くて小さいものです。ザックの中に落ちていたら、犯人だって見逃してしまう場合はあるでしょう」

土屋が食い下がり、さらに続ける。

「ツチビノキは宮崎県に限定して自生しているんですよね。蜂須賀さん、先月まで九州地方に固有種の調査に行っていたじゃないですか。大分県と……宮崎県も対象でしたよね。その時に種子を入手してきたんじゃないですか」

蜂須賀は先月、一週間をかけて大分県と宮崎県に現地調査へ赴いていた。スケジュールは研究員たちに共有されているから、土屋ももちろん知っている。

「ツチビノキの調査はしていない。皆も知ってのとおり、俺の専門は哺乳類と昆虫、そしてそれらの進化についてだ。植物は門外漢だ」

「そんなの、前もって調べておけば造作もないじゃないですか」

土屋は三反園と取りわけ仲が良かったから、彼の死に対する悲しみは人一倍深いようだ。蜂須賀を一度疑うと、追及の手をゆるめなかった。

「それに、三反園は館長を始め、上司たちからの覚えが良かった。勝手気ままな行動をして、冷や飯を食っている蜂須賀さんが嫉妬して殺したんだろ」

「俺は冷や飯なんて食った覚えはない。今の立場に充分満足している」

「そりゃ、思うがままに振る舞っているんだから、それはそれで満足でしょう」

「何だと」

土屋の放った暴言に、蜂須賀は足を一歩踏みだした。

「二人とも、やめろ」

今福が両腕を広げて間に入る。蜂須賀は足を引いた。すると姫宮が土屋に手を向けた。

「土屋君、私だって先月末に調査で九州……熊本県に行ってきたよ。ここ一年前後の内に、皆さんも一度は九州方面や西日本で調査した経験があるでしょう」

姫宮は視線を土屋から他のメンバーたちへと移した。

「私は最近、鹿児島に行ったな。錦江湾《きんこうわん》の調査で海に潜って、固有種のサツマハオリムシに会ったよ。あ、ゴカイの仲間ね」

水原が顎に指を添えて、記憶を探るような表情をする。

鷹取も半年前に佐賀県を中心にカササギの調査を行っていた。カササギは九州地方に多く生息している佐賀県の県鳥だ。

続いて今福が発言した。

「皆も知ってのとおり、俺は二ヶ月前に五島列島《ごとうれっとう》や沖縄方面に船を出した。一ヶ月半以上も調査に行っていたから、団長を任されておきながら今回の調査に間に合うか、ひやひやしたけどな。あとは去年の十一月に鹿児島に行っているな。去年といえば、土屋も福岡周辺に行っていただろう？」

「山口県ですね。秋吉台《あきよしだい》の土壌生物の調査に。その足で福岡にも。去年の十月ですが」

「博物館のメンバーは全員九州方面には行っていたんですね」

姫宮がサウスリゾート社の相馬と猪熊に目を向ける。

「私たちもありますよ。仕事で全国どこへでも行きますし。直近だと三ヶ月前に沖縄の石垣島《いしがきじま》ですね。その前だとそれこそ宮崎県にも。でもあくまで出張ですし、そのような種子を手に入れるような暇なんてありません」

相馬が語を区切るたびに、猪熊は繁《しげ》く首を縦に振る。

「相馬さん、ありがとうございます」

皆の言を受け、姫宮があらためて土屋に顔を向けた。

「だから、蜂須賀さんが九州地方に調査に行ったというのは、犯人であるという有力な証拠にはならないの」

かばってくれた姫宮に、蜂須賀は心の内で感謝する。

「それは……わかりました。でも、あの注射痕は何なんです？　蜂須賀さんは昆虫を標本にするためにシリンジを持ってきていますよね。先端に注射針を装着すれば麻酔や毒を打てます」

それでも土屋は蜂須賀に疑念をぶつけてくる。

「するはずがないだろう。俺は昆虫用の殺虫液と防腐液しか持ってきていない」

「それを三反園に使ったんですよ」

「土屋君、そんなことをすれば、すぐに蜂須賀さんだってわかっちゃうよ。それにシリンジと注射針なら皆、持ってきているでしょ。私は爬虫《はちゅう》類の標本用にクロロホルムだって使うし。もちろん今回の調査用として博物館に劇物の持ち出し許可を得て、鍵付きのケースに保管しているから、他の人には扱えないけどね」

姫宮の言に、水原がさっと手を挙げた。

「私も標本用に防腐剤を使うよ。土屋君だって、そうでしょ」

「なら、麻酔か毒物を別に用意したんだ」

土屋が抗してみせるが、今福が顎髭を指先でつまみながら言う。

「俺もシリンジと注射針を使う。それこそ殺虫液もな。今ここで判断はできんだろう」

「そうかもしれませんが……。そもそも三反園と僕はリゾート計画に反対していたんだ」

土屋はサウスリゾート社に矛先を向けた。土屋は小笠原《おがさわら》の父島《ちちじま》出身だ。今回の調査を一際楽しみにしていただけに、怒りと失望が大きいのだろう。

「何を言ってるんです？　三反園さんはリゾート計画を支持してくれていましたよ。計画の採択評議会で賛成票を入れてくれるって」

相馬が言下に土屋の発言を否定する。

「そんなはずはない。三反園は僕の地元である小笠原諸島を大切にしたいと、常々口にしていたんですよ」

「リゾート計画が大切じゃないみたいな言い方ね。お金を落としてくれる人がいるから、島の生活が成り立っているんじゃない？　三反園さんはその点を理解してくれていましたけど」

「嘘《うそ》だ」

「こんなところで、それにこんな状況で嘘をついても仕方ないでしょう」

「こんなところとは何ですか」

土屋がわずかな言葉の綾《あや》にも怒りを露《あら》わにする。今福が困惑した顔で、土屋の肩に手を置いた。土屋は今にも相馬に飛びかかりそうな勢いだ。

その時、すぐ近くを何羽かの鳥が舞った。

「セグロミズナギドリだ。南硫黄島《みなみいおうとう》と小笠原諸島の一部にしかいない鳥だよ」

鷹取が声を上ずらせ、双眼鏡を片手に鳥を観察し始めた。

鳥の姿を追いつつ、この場から離れていく。

相馬が露骨に不機嫌そうな目をして、今福に抗議する。

「こんな時にも調査優先なんですか、団長さん。あまりにも非常識じゃないですか」

「すみません。おい、鷹取！」

今福が手を口の横に持っていき、大声で怒鳴った。鷹取は聞こえていないように、鳥の姿を追っていってしまう。

蜂須賀と姫宮たちは、鷹取の行為に唖然《あぜん》とする。土屋も予想外だったようで、口を開けたまま鷹取が消えていったほうを眺めていた。

互いの猜疑《さいぎ》心《しん》や軋轢《あつれき》、そして自分勝手な行動……こうした光景を目の当たりにし、メンバー間の亀裂は確実に深まっている――と蜂須賀は思った。

2

太陽が西の海に沈んでいく。

あの後、互いに探り合うような雰囲気を残したまま、時間だけが過ぎていった。

土屋と相馬は蜂須賀を疑う姿勢を崩さず、声をかけてもこなかった。

調査は完全にストップしてしまっている。

唯一、鷹取だけは砂浜や海岸線で鳥の観察に余念がない様子だったが、鷹取に怒りを剝《む》き出しにしていた相馬は、徐々に蔑むような目を向けるようになっていった。

蜂須賀はテントの前で無為に過ごした。下手に動き回れば、また疑われるからだ。そんな中、姫宮は気遣ってくれているようで、ちょくちょく話をしにきてくれた。近づくと姫宮まで疑われるぞと忠告したが、「別にいい。私はやってないし」と平然と答えた。

水原は土屋を落ち着かせようとしているのか、あれからずっと彼のそばにいた。そういえばあの二人も結構仲が良い。水原が姉役のような感じではあったが。

暮れなずみ、天に星が瞬《またた》き始めてきた。

「懐中電灯でＳＯＳ信号を送るぞ」

今福が幾度か手を叩き、皆の注目を集める。懐中電灯を手にして砂浜に歩いていく今福の後に、皆が続いた。会話はなかった。

砂浜にたどり着く。漆黒の海の先で、一際強い光が放たれている。桐生丸の明かりだ。

今福は懐中電灯を掲げ、桐生丸に向かってＳＯＳのモールス信号を発信し続けた。

懐中電灯でＳＯＳを表現する場合は「短い光を三回、長い光を三回、短い光を三回」。これは国際的に決められているから、桐生丸の乗組員ならわかるはずだ。

何度かＳＯＳを送ったところで、突如《とつじょ》、桐生丸の明かりが落とされた。通じた？

「モールス信号に詳しい者は？」

今福が皆に訊くが、「ＳＯＳ」や「了解」といった簡単な信号しかわからないという。

「無線を扱う俺と鷹取はある程度わかるが、懐中電灯で複雑な内容を交信するのは難しいな。ひとまず、こちらの危機が船長たちに伝わればいいだろう。返事を待とう」

皆が期待して桐生丸からの信号を待つ。なかなか応答がなかったが、やがて桐生丸からも懐中電灯を使った信号が送られてきた。

その合図を見た全員が絶句する。

船が示しているモールス信号も「ＳＯＳ」だったからだ。

船でも事件が起きている？

まさか……誰か死んだのか？　蜂須賀は瞬間的にそう考えた。

「……何があったんだ」

今福がその信号を驚愕《きょうがく》の瞳でとらえながら、乾いた声で言った。

「どういうことなの。まさか船でも人が殺されたの？」

相馬が声を裏返して叫ぶ。今福が唸《うな》りながら答えた。

「船体に異常が起きたとか、人以外の原因も考えられます」

「どっちにしても、船から救助は出せないってことでしょ。そんなの耐えられない」

相馬がその場をぐるぐると回り始めた。猪熊はおろおろしたように、相馬の動きを目で追っている。上司の乱れる心をどうおさめればいいのかわからずに苦慮しているようだ。

蜂須賀は光の明滅を見ながら今福に訊ねた。

「今福さん、桐生丸からの合図はＳＯＳのみですよね」

「ああ。無線もなしで、モールス信号だけでは込み入った意思疎通は難しいんだろう。それはこちらも同じだが」

「桐生丸には衛星電話がありますよね。それを使って関係各署に緊急連絡を入れているかも」

姫宮が思い出したように言った。

「衛星電話に期待しよう。ベースキャンプに戻ろうか」

今福が促すと、皆は重い足取りで歩き始める。

動転していた相馬も親指の爪を嚙《か》みながら、ベースキャンプへと足を向けた。

夕食の時間は過ぎている。各自に配ってあった携行食を食べることになったが、誰も口をつけない。食欲がないだけでなく、誰かが毒を仕込んでいないかを心配しているようだった。

「皆、不安なのはわかるが、少しでも食べないともたないぞ。携行食は封がしてあるし、細工をすればすぐにわかる。しっかり封がしてあって、中身が漏れていなければ大丈夫だろう」

今福が不安を取り除かせるためか、クッキー風の携行食を開封して食べ始める。ペットボトルの水も新品であれば問題ないはずだ、と言って、キャップを捻《ひね》って口をつけた。

それを見て、姫宮、水原、そして鷹取と蜂須賀も、今福と同じ携行食と水に手をつけた。

土屋とサウスリゾート社の二人は水こそ飲んだが、頑《かたく》なに食べようとしない。

「土屋、食べないのか」

今福が案じるように訊くと、土屋は薄い笑みを浮かべた。

「今はいいです」

「後で食べるのか？」

「さあ」

土屋はとぼけたように答え、その場に仰向けに寝転がった。

今福は困ったように首を一度捻り、嘆息してから水を飲んだ。

食事中は誰も一言も発せず、黙々と食べ続ける。

蜂須賀は最後の一片《ひとかけ》を口に放り込んだ。ほとんど味は感じなかった。

「どうやって寝ますか？」

皆が食べ終わるのを待っていたように、土屋が今福に訊いた。

「テントしかないだろう」

「危険じゃないですか。この中に殺人犯がいるんだったら、いつもどおりの就寝なんてできませんよ。寝込みを襲われるかもしれません。現に三反園は夜間に殺されてしまったのだから」

「犯人の狙いが三反園君だけだったら？」

姫宮の問いに、土屋は「そんな楽観的な考えはできません」と一蹴し、

「仮にそうだとしても、人を殺したやつと一緒にいるなんて嫌ですね。いっそ島の方々に散って、それぞれ一人で寝ればいいんじゃないですか」

「それはかえって危険だろう」

蜂須賀が止めるが、土屋は半笑いの顔をする。

「僕たちをここに釘《くぎ》づけにしておいて、襲うつもりか」

「何だと」

蜂須賀が言い返そうとすると、姫宮が「ちょっと提案」と挙手した。

「あの……一人ずつ一時間か二時間ほど仮眠をして過ごすのはどう？　それなら寝ている一人以外の他のメンバーは全員起きているから、相互監視……って言い方は好きじゃないけど、安心できるんじゃないかな」

「ああ、それは確かに」

蜂須賀は姫宮の案に同意した。今福も「それがいいかもしれんな」と応じる。

「待って。殺されたのは、あなたたちのお仲間でしょ。私たちを内ゲバに巻き込まないでくれる？」

やり取りを聞いていた相馬が立ち上がった。

「猪熊。行くよ」

「はいっ」

相馬と猪熊は自分たちの荷物を手に取り、ベースキャンプから離れていこうとする。

「待ってください。ここを離れるのは危険だ」

蜂須賀が呼び止めるが、相馬は立ち止まらない。蜂須賀は相馬たちの行く手を阻もうと、前方に回り込もうとする。すると猪熊が蜂須賀の前に立ち塞がった。

「あなたは信用できない。俺が守るから心配いりません」

猪熊は去年から格闘技を始めたという。強引に引き留めるのは、互いにとっても良くない結果を招くはずだ。蜂須賀が仕方ないといったように首を横に振ると、猪熊は慌てて相馬のあとを追った。上陸地点に近い砂浜のほうへと、二人のシルエットが消えていく。

「僕も我慢できないな」

二人の離脱が引き金になったのか、土屋が自分の荷物を抱えた。

「待て、土屋。今は一致団結が必要だ」

今福が必死の面持ちで土屋を諭そうとする。

「皆でバラバラになって寝たほうが安全ですよ。夜闇《やあん》に紛れれば犯人に見つからないでしょうし、朝は夜明け前に起きれば問題ないですよ」

土屋は最初の自分の案にこだわっているようだ。聞き入れる様子はなく、ザックを背負って三反園の遺体がある西の方角に歩き始めた。

「私、ついていくよ」

水原が眉間に皺《しわ》を寄せて土屋に呼びかける。

「いや、犯人だってこの島の地形に詳しいわけじゃないでしょう。一人のほうが安全ですよ。水原さんもそうしてください」

「そんなこと言わないでよ。ちょっと待ってて」

水原がテントに走り、ザックを持って飛び出してくる。しかし土屋は東のほうに手を向けた。

「水原さんは僕と逆方向へ行ってください。散り散りになりましょう」

土屋は水原の申し出を撥ねつけて走り去っていった。

この場には今福、姫宮、水原、鷹取、そして蜂須賀の五人が残った。

「行ってしまいましたね。水原さん、どうします？」

姫宮が訊ねると、水原は唇を尖《とが》らせて「ここに残る」と答え、もとの位置に座った。

「まったく……土屋の頑固には困ったものだ。おまけに思い込みも激しいからな。蜂須賀、気にするなよ」

今福が蜂須賀の肩を軽く叩いて案じる。

「三反園の死が堪《こた》えたのでしょう。仕方ないです。気にしていないと言えば嘘になりますが」

蜂須賀が苦笑すると、今福も小さく笑みを浮かべた。

「サウスリゾート社の二人は大丈夫ですかね」

「猪熊さんがいる。今夜の守りは彼に任せよう」

「……そうですね」

蜂須賀は重力に引かれるようにテントの前に座り込んだ。眩《まぶ》しさを感じ、光の方向を見やる。

自分がセットしたライトから放たれる光だった。

そのライトに蛾《が》などの虫が集まってきている。

細い羽に細い体。あれはトリバガの一種だろうか。本来なら皆で夕食をとった後に、今日の成果を今福に報告しながら披露し合ったり、団欒《だんらん》の光に誘われてきた昆虫を採取したり、そんなことをしていただろう。今のこの状況が、現実ではないような気すらする。

他の四人もテントの前に黙って座っている。この中に犯人がいるのだろうか。それともこの場を離れた三人の中に……。

「しかし、メンバーに犯人がいるとは、俺にはどうしても思えないんだが」

今福が今も信じられないというように、目をしばたたいた。皆、考えていることは同じようだ。外部からの侵入者が島に上陸した可能性がゼロというのは、完全に除外されたわけではない。船やボートがないというのは、複数犯であれば上陸後に一人が島から離れれば痕跡も残らない。桐生丸の異状にしても、密《ひそ》かに共犯者が船に乗り込んでいる可能性だってある。

桐生丸、そして調査団以外の人間がこの島にいるのだとしたら、やはりこの場を離れて行動するのは危険ではないだろうか。

「土屋たちが心配ですね」

蜂須賀は今考えていたことを話した。

「複数犯か……。その可能性もないとは言えないな」

今福としては第三者が存在してほしいという考えのようだ。

「でも、何のためにそんな大がかりなことをしてまで三反園君を殺したの？　動機がさっぱりわからないよ」

姫宮が両掌《りょうて》を上に向けて疑問を呈した。

「三反園に問題があったのか、それとも、この島自体に秘密が隠されているのか」

蜂須賀は言いながら、島の秘密なんて馬鹿馬鹿しい表現だと思った。

「秘密か……それを暴かれたくないから、私たちを追い出すために初日の夜に殺人事件を起こした」

蜂須賀の考えとは裏腹に、姫宮は案外真面目に受け取ったようだ。

「歌《か》織《おり》ちゃん、それだと無線機やゴムボートの件、桐生丸の異変の説明がつかないよ」

水原が両膝を手で抱えたまま、ゆったりとした口調で指摘する。

「そっか。追い出すのが目的なら、桐生丸との移動手段や連絡手段を断つはずがないよね。とすると、三反園君に問題があったとか」

「それは私にはわからないねえ」

「個人的な問題があって殺人まで発展したというのは考えられるが……そこまでは俺にもわか

○9○

らんな」

三反園と特段親しくなかった蜂須賀には、思い当たる節はなかった。

「それにしても土屋君が心配だなあ」

水原が小さく息をついて心配そうに眉尻を下げた。

「水原さんにとって、弟みたいなものですからね」

「生意気な弟、ね」

水原が目を線にして笑う。

「この暗闇だ。捜しにいきたいのはやまやまだが、下手に動かないほうがいいだろう」

蜂須賀が言うと、今福は「そうだな」と応じながら、まだどこか不安そうな眼差しをしている。普段は磊落《らいらく》な今福も、今回の事態は精神的な負担が大きいようだ。

今福はそんな目つきのまま、腕時計を確認した。

「もう八時を回る。寝る時は姫宮君の案でいいか？　一人ずつ仮眠していこう」

「水原さん、最初にどうですか。二時間ほど眠っては？」

姫宮が水原に一番手を譲る。他の皆も異存はない。

「歌織ちゃん、ありがとう。そうさせてもらおうかな。なんだか疲れちゃった」

水原は力ない笑みを浮かべ、ゆるゆるとした動作でテントの中に入っていった。

彼女を見送った姫宮が、やかんに水を入れてコンロの火をつけた。

「コーヒーでも飲みませんか？　個包装のドリップバッグで、ひとつずつ新品を開けるから、大丈夫ですよ」

「もらおうか」

蜂須賀がコップを受け取るように手を伸ばした。

「まだだから。今福さんと鷹取さんは？」

二人とも「飲みたい」と答え、皆で火を囲んだ。お湯はすぐに沸いた。

蜂須賀は食料ケースを開け、五個ずつビニール包装された紙コップを取り出す。紙コップも多く持ってきており、毎回新しいものを開封すれば問題なさそうだ。蜂須賀がビニールを開けると、「ケースの蓋の上にコップを並べておいて」と姫宮が指示した。

蜂須賀がコップを並べると、姫宮がドリップバッグをコップの飲み口に設置していく。設置が済むとやかんを手にして、丁寧な手つきでお湯を落とし始めた。

「皆さん、どうぞ」

コーヒーを淹《い》れ終えると、姫宮はドリップバッグを外して紙コップに手を差し向けた。皆が立ち上がってコップを手に取る。

蜂須賀は黒い液体のかぐわしい匂いを味わいながら、コップを傾けた。

「うまいな」

蜂須賀は心からそう思った。疲れきった心と体を、コーヒーの成分が癒やしていくようだった。皆もほっとした顔をしながらコーヒーをすすっている。

「この後、どうなるんだろう」

姫宮が何となしといったふうに呟《つぶや》いた。

「一刻も早く外部と連絡できるようにしないといかん。桐生丸の状況は心配だが……」

今福がコップを両手で包み込んだ姿勢で答える。ふと蜂須賀の頭に嫌な想像が浮かび、それを口に出した。

「三反園一人を殺すだけなら、外部との交信を断つ必要はないはずだ」

皆が息を呑《の》むのがわかった。蜂須賀の言わんとする意図を、今福たちはすぐに悟ったようだ。

「……それは、他にも誰か狙われていると？」

今福が問いながら苦しそうな表情をする。

ここまで憔悴《しょうすい》した今福を見たのは初めてだった。

「蜂須賀さん、物騒なこと言わないでよ」

姫宮が眉根を寄せ、「でも」と続けた。

「土屋君も楽観的な考えはできないって言っていたね。無線機隠しやゴムボートに穴を開けたのは時間稼ぎかもしれないけれど、桐生丸にまで何か細工をするというのは確かに過剰な気がする。犯人には一定の時間、それも数日に渡る期間が必要だった。なら、その間に何をしたいのか。いろいろと考えられるよね。証拠隠滅、罪のなすりつけ、そして次の犯行……」

「犯人はザックにツチビノキの種子を紛れ込ませた。俺に罪を着せようとして」

「あれは露骨だったな。犯人であれば、あんなミスはしないだろう。見つけさせるためだけに、故意に潜ませたように思える」

種子がザックから見つかった時と同じように、今福が蜂須賀を擁護する。

黙っていた鷹取の表情が暗くなり、今福に一瞬目を向けた。あの時種子を発見したのは鷹取だ。相馬の提案に従ってただ見つけただけなのに、自分が責められたような気がしたのだろうか。だが土屋たちに疑惑をかけられている身としては、今福の発言に救われる気分だった。

「今福さんにそう言ってもらえると心強いですよ。しかし他にも狙われている者がいるとすれば……」

「明日、土屋とサウスリゾート社の二人には、皆と一緒に行動するように言うよ。命に関わるとなれば、彼らも従わざるを得ないだろう」

「お願いします。俺は嫌われているみたいなんで」

「蜂須賀さんはクセがあるからねえ」

姫宮が身をもって知っているというように、しみじみと言う。

「まあ、自覚はしてるけどな」

蜂須賀は苦笑いをしてコップに口をつけた。鷹取の姿が視界に入った。気づけば鷹取はデジカメに撮った鳥たちの写真に見入っている。自分よりよほど鷹取のほうがクセはあるんじゃないかと思う。だが、いつも以上に鷹取はマイペースな行動をとっている気がする。島に上陸して多くの鳥を間近に見た興奮なのか、それとも現実逃避なのか……。

東京から遠く離れ、四方を海だけに囲まれた無人島で殺人事件が起きたのだ。皆の心に平常時とは違う負担がのしかかり、少しずつだが精神に歪《ゆが》みが生じ始めているように思えた。特にここにいない土屋、相馬、猪熊たちの精神状態が危ぶまれる。

蜂須賀は最後の一口を飲んだ。コーヒーの苦みだけが喉に沁《し》みていく。

二時間後に水原が起きた後は、一時間ずつ順番に仮眠をとって二周した。水原が三時間、他の四人はそれぞれ二時間の睡眠時間を確保できた。

上陸二日目にあたるこの夜は、何事もなく終わった。

第三章

I

上陸三日目——六月十八日、午前七時。

アラームの音がする。

蜂須《はちす》賀《か》は霞《かすみ》のかかる頭のまま、ダイバーズウォッチのアラームを止めた。瞼《まぶた》が重いが、起きなければならない。

反動をつけて体を起こすと、テントの入り口の隙間から光が射し込んでいる。

日の出の時間は午前四時半前後だった。蜂須賀が二回目の睡眠をとる時には、すでに夜は明けていた。寝られないかと思ったが、すぐに眠りに落ちた。疲れに加え、他の皆が起きているという安心感があった。まさか、他の四人が共謀して蜂須賀を殺すということはないだろう。

傍らに置いたタオルをつかみ、顔から首にかけて浮かんでいる汗を拭く。以前は暑くて寝苦しい夜は苦手だったが、各地の調査でキャンプをする機会が多く、いつしか慣れてしまった。

テントから出ると、皆が携行食の朝食をとっていた。土屋《つちや》とサウスリゾート社の二人——相《そう》馬《ま》と猪熊《いのくま》の姿はない。

「蜂須賀さん、おはよう。眠れた？」

姫宮《ひめみや》が口をもぐもぐさせながら左手を小さく振った。細長いクッキータイプの携行食を右手に持っている。

「結構眠れたよ。鳥の鳴き声も気にならなかった」

「私も。いい作戦だったかな」

姫宮は小さく笑うと、携行食を喉に押し流すようにペットボトルの水を何口も飲んだ。

「上出来だ。土屋たちは？」

「戻ってきてないよ」

「そうか。俺も食べるかな」

蜂須賀は今福《いまふく》たちとも挨拶を交わし、姫宮と同じクッキータイプの携行食を手にした。チョコレート味だ。さほど腹は減っていなかったが、食べておいたほうがいいだろう。

「今福さん、今日はどうします？」

携行食をつまみながら今福に訊《き》いた。

「後で桐生丸《きりゅうまる》の様子を見にいこう。鷹取《たかとり》、その時にまた双眼鏡で頼むよ」

鷹取は鳥の鳴き声に耳を傾けており、聞こえていないようだ。

「鷹取」

「あ、はい。わかりました」

一応内容は伝わっていたらしい。今福は鼻から大きく息を漏らすと、「大丈夫かよ」とこぼした。

「無線機は探さないんですか？」

食べ終わった姫宮が、ごみを片づけながら今福に訊《たず》ねる。

「故意に隠したとなると、簡単には発見できないだろう。海に廃棄したかもしれないしな」

「犯人が外部と連絡を取りたくなった時を考慮すると、棄《す》てはしないと思いますが」

「それはわからんよ。どちらにしても、むやみに歩き回るのは危険だろう」

「そうですね……」

姫宮は無線機の行方が気になっているようだ。

八時になろうとした時に、土屋が西の方角から姿を現した。

「土屋。大丈夫だったか」

今福が手招きして、土屋を近くに座らせる。

「問題なかったですよ。日の出の少し前、四時過ぎに起きました。周囲を警戒していましたから眠りは浅かったのですが、ある程度は寝られました。それよりも、皆さんこそ無事で？」

土屋がちらりと蜂須賀の顔を見て、すぐに今福に視線を戻す。土屋は蜂須賀と離れれば安全だと判断して、一人で寝たかったのかもしれない。

「姫宮君の提案どおり、順番に仮眠をとるやり方にしたからな。水原君もここに残った」

「そうでしたか。それで充分な睡眠は確保できたんですか」

「それなりにな。時間は短いが、安心して眠れるという気分的な面が大きい。土屋も今夜はここにいたほうがいい」

「それまでには島を出たいですが」

「もちろんそうしたいのはやまやまだが、はっきりとは言えないからな。まずは仮定の話をしている」

「そうだとしても、今はなんとも言えませんね」

土屋がワークパンツの砂を払いながら立ち上がる。

「朝食は？」

「いりません」

「土屋君、ちゃんと食べないと」

水原が弟に対するような口調でたしなめる。

「だから、いりませんって」

土屋は誰とも目を合わせようともせず、自分のテントに入っていく。

蜂須賀は最後の一片《ひとかけ》をかじると、包装紙をビニール袋に入れて口を締め、所定のごみ置き場に捨てた。ごみはすべて持ち帰るため、それまではごみ置き場に集めるようにしている。

土屋と入れ替わるようにして、上陸地点の砂浜のほうから相馬と猪熊が戻ってきた。

「やあ、大丈夫でしたか」

今福が土屋に言ったのと同じように、二人に問いかける。

「おかげさまで、ぐっすり眠れましたよ。猪熊が見張っていてくれましたから」

相馬が髪を掻《か》き上げながら、猪熊に目を向ける。今福が驚いたように猪熊に訊ねた。

「寝ずにですか」

「自分は問題ないです。二、三日寝なくても」

猪熊は本当に寝ていないようだ。それでも眠たそうなそぶりは見せず、力強く拳を握った。

「今からでも、少し眠ってはどうですか」

「大丈夫ですから」

「すぐに救助が来るかもわかりません。少しでも――」

「いいんです」

猪熊はもう今福の話を聞いていないように顔を背ける。今福は苛立《いらだ》ちを抑えるように唇を曲げ、相馬に向き直った。

「……朝食はどうしますか」

「私たち、個別に持ってきた携行食がありますから。それを先ほど」

「個別に？　聞いていませんよ」

「伝えたと思っていたんですけど」

「荷物検査は？」

「桐生丸にいる時に、外袋を水で洗い流しました。桐生船長が見ていましたよ。問題でも？」

相馬と猪熊は、自分たちの好みの携行食を持ち込んでいたようだ。桐生は知っているようだが、おそらく桐生には今福から許可をもらったとか、そう言ってごまかしたのだろう。今福は明らかに気分を害したようだったが、言葉を選ぶように間を作った。

「いえ、しっかり対処してくれていたのなら。ただ、今後はしっかり伝達してください」

「今後……があれば良いんですけど」

相馬が険を込めて答えると、今福は眉をひそめた。その表情に構わず、相馬が訊いた。

「で、この後はどうするんです？」

「桐生丸の様子を確認します。全員食事は済ませていますから、皆で行きましょう」

今福が両腕で煽《あお》ぐようにして、メンバーたちを促す。土屋はテントの中で会話を聞いていたのか、呼びかけなくても自ら出てきた。

全員がどこか重い足取りで、砂浜に向かった。期待よりも、これ以上失望したくないという気分が表に出ているようだった。

砂浜に着いた。水平線に白い船が浮かんでいる。船体そのものは昨日と同じように見える。

「鷹取、頼むよ」

今福が海を指差すと、鷹取は双眼鏡を覗《のぞ》いた。

「……変わりないですね。人影は……見えません」

皆が「やはり」というように落胆する。いまだにドローンやボートが来ないのだから、状況に変化はないのだろう。

「早く帰りたい。もう限界」

相馬がその場にしゃがみ込んでしまう。

「俺もです」

猪熊が絞り出すような声で同調する。

「ほんと、うんざり。何でこんなことに……。ねぇ、今福さん、無線機は見つかってないんですよね？」

相馬が座ったまま、恨めしそうに今福を見上げた。

「残念ながら」

相馬がこれみよがしなため息をつく。

一同に沈黙が落ちた。

皆の気分とは対照的に、砂を洗う波の音とにぎやかな鳥の鳴き声だけが奏でられている。不意に土屋が口を開いた。

「夢に三反園《みたぞの》が出てきたんです」

皆が土屋の顔を見る。土屋は海に向かって訥々《とつとつ》と話し始めた。

「きっと、寝る時にあいつのことを考えていたからでしょうね。あいつはこの島で植物を手にして笑っていました。嬉《うれ》しそうに俺に見せて、どんな植物なのか説明してくれるんです。それがあんな死に方をするなんて。無念だっただろうなと思うと……」

土屋が目の辺りを指の背で拭う。小さく咳払《せきばら》いをして、相馬と猪熊に顔を向けた。

「僕はあいつがリゾート計画に賛成だったなんて、絶対に信じませんから」

土屋は険しい視線を二人に投げる。相馬が腰を上げた。栗色《くりいろ》の髪が海風で靡《なび》く。

「ご自由に。もうこの世にいない人のことだし、どうでもいいわ」

「何だと？　もう一度言ってみろ！」

土屋が眉をつり上げ、声を荒らげた。今福が「落ち着け」と土屋を宥《なだ》める。昨日から何度こうした光景を目にしただろうか。

今の発言にはさすがに水原も癇《かん》に障ったのか、細い目をさらに細め、相馬に突き刺すような視線を送っている。普段見せないような表情だ。それだけ不愉快に感じたのだろう。

相馬は大袈裟に肩をすくめた。猪熊は両拳を握ったまま、じっと土屋を睨《にら》みつけている。

「猪熊、ベースキャンプに戻るよ」

「はいっ」

相馬が身を翻して歩き始めると、猪熊は彼女の背を守るようにしてついていった。

「今福さん、あいつらに気を遣いすぎじゃないですか」

「土屋。おまえがリゾート計画を快く思っていないのはわかっている。だが、二人に突っかかりすぎだ。三反園が亡くなって悲しいのは、おまえだけじゃない。もちろん俺だって、三反園が計画に賛成していたなんて思ってはいない」

土屋は押し黙ったが、反発を込めた目を今福に向けている。

「ベースキャンプに戻ろう。皆、行くぞ。ほら、土屋も」

今福が急《せ》き立てるように手を動かす。土屋は肩を怒らせながら今福たちを追い抜くと、そのまま早足で歩いていってしまった。

「今福さん、なかなか骨が折れますね」

遠ざかっていく土屋の背中を見ながら、蜂須賀は言った。今福が顎髭《あごひげ》に手を添えて渋い顔をする。

「土屋とサウスリゾート社の二人は相容《あいい》れんな」

「土屋君、ちょっと向こう見ずなところがあるから」

水原《みずはら》が心配そうに細い息をついた。その吐息を合図に、残っていた者たちが歩き始める。

蜂須賀が何気なく木々のほうへ目を向けると、寝袋が二つ置いてあった。ひとつは赤、もうひとつは黒。相馬と猪熊のものか。あそこで寝ていたようだが、黒い寝袋は折りたたんである。猪熊が寝ていないというのは本当のようだ。

どうしてそこを寝所にしたのかと思ったが、すぐにわかった。あの場所なら桐生丸の放つ明かりがよく見える。その光で少しでも安心感を得たいのと、桐生丸からの連絡をいち早く察知するためだろう。それに木々の根もと付近なら日差しを防げる。

今福と姫宮、水原も気づいたようで、寝袋のほうへ目を向けていた。しかしわざわざ話題にする必要もないと思ったのか、皆それには触れず、重い足取りでこの場をあとにした。

ベースキャンプに戻ると、サウスリゾート社の二人は相馬のテントの近くに座っていた。土屋は自分のテントの前で面白くなさそうな顔をして胡座《あぐら》をかいている。

今福が意を決したような顔をして、相馬と猪熊に近づいていった。

「やはり夜は危険ですから、今夜はここにいてください」

「二人でいれば大丈夫ですよ。私たちを巻き込まないで」

「巻き込むなんて」

「だって、そうでしょう。私たちは私たちの判断で動きます」

相馬は今福の提案を頑として聞き入れようとしない。

「別行動の際、環境への配慮はできているんですか？」

「もちろんですよ。そもそも、もう実地調査なんてしても意味ないし、ただ救助を待つだけですから」

相馬が半ば投げやりといった調子で答える。

今福は困り顔を作り、「わかりました。でも、考えておいてください」と言い置いて、相馬たちのもとを離れた。

その後は会話もなく、ただ漫然と時間だけが過ぎていく。打開策を打とうにも、どうしていいのかわからないし、結局は桐生丸からの連絡を待つしかなかった。

時折、土屋と相馬の視線が蜂須賀を射抜く。少しでも動くと、彼らが目を向けてきた。まるで一挙手一投足を監視されているようだ。

しばらくして蜂須賀はザックを手に取って腰を上げ、今福に伝えた。

「俺、少しこの場を離れますよ。昼間なら多少動いても問題ないでしょう」

蜂須賀は居づらくなり、一人になりたくなった。

「次の殺人計画を練るつもりですか」

会話を聞いていた土屋が、鋭い語調で言い放つ。蜂須賀はあえて土屋に聞かせるつもりで今福に話したのだが。

「違うよ。おまえがいちいち鬱陶しいからだ」

「聞き捨てなりませんね」

土屋が憤然として腰を上げかける。

「あっ。私も行こうかな。蜂須賀さんが変なことしないか見張っておくから。それならいいでしょ。何かあったら思い切り叫ぶか、トランシーバーで連絡するから」

姫宮が手で空気を押すような仕草をして土屋を制する。

「勝手にしてください。僕はテントで休みます」

土屋は折れたのか、三反園と共有していたテントに入っていった。

「今福さん、いいですか？」

蜂須賀はあらためて訊ねた。今福が思案する顔になる。

「……疑うわけじゃないが、二人とも持ち物を見せてくれないか」

今福は凶器の所持を懸念しているようだ。蜂須賀はザックの中身とカーゴパンツのポケットの中をすべて見せた。使い古した地図や昆虫採取用の小型ケース、ピンセット、ボールペン、デジタルカメラ、トランシーバーなどの道具を今福に見せる。

「シリンジと注射針はテントに置いてあるようだな。ピンセットとボールペンは預かっておこうか」

金属製かつ尖《とが》った形状のためだろう。蜂須賀は「わかりました」と今福に渡した。姫宮は特に問題のある道具類は持っていなかった。

「いいだろう。ただし遠くへは行くなよ」

「了解」

蜂須賀と姫宮は今福の許可を得てベースキャンプを離れ、島の東側に歩を向けた。

2

東の海岸は北側の砂浜に比べると狭く、原生林が波打ち際まで迫っている。やや開けた場所にある平らな岩を見つけ、ベンチ代わりに二人で座った。

「悪いな。気を遣わせてしまって。昨日もかばってくれただろ」

「そりゃ、大学の研究室で同じ釜の飯を食べた仲だし、一応先輩だし」

「一応、な。それにしても、犯人は誰なんだろうな」

「そうね……」

男性と女性のそれぞれのテントは十メートルほどの距離を取って設置してある。三反園が死んだのは、どちらかといえば女性陣のテントに近かった。だが、それだけで女性の中に犯人がいるとは断定できない。

蜂須賀が今の考えを話すと、姫宮は即座に否定した。

「テントが近いってだけじゃ、全然説得力ないね」

「そうだよな。最初は九人いて、三反園が死んだ。残り八人の中に犯人がいるのだろうが、俺は違う。姫宮も——」

「犯人じゃないよ。でも、他の人から見たら私たちだって犯人候補でしょ。特に蜂須賀さんは土屋君とサウスリゾート社の二人から疑われているし。だから、自分を除く七人の中に犯人がいるという前提で考えたほうがいいよ」

「そうだな」

蜂須賀はそう答え、姫宮も含む七人で考えることにした。

「可能性として外部の者の犯行という話もしていたが、島の環境や状況から考えるとそれは厳しそうだな」

「そうね。ここが本州からほど近い島なら、その可能性も多分にあったと思うけど、そうじゃない。やっぱり北の砂浜以外からの侵入は難しいよね。今福さんは第三者であってほしそうだけど」

「桐生丸の乗組員の中に共犯者がいるというのは、まだあり得ると思うが、まずは上陸メンバーだろう」

姫宮が「そうね」と人差し指を上に向けた。

「私も考えてみたんだけど。テントが近いという件とは別に、サウスリゾート社の相馬さんが怪しい気がするんだよね」

「相馬さんが？　どうして」

「リゾート計画の件。土屋君は三反園君がリゾート計画に反対していたと言っていたよね。逆に相馬さんは三反園君が賛成していたと反論していたけど、それは本当なのかな？」

「となると？」

「相馬さんは三反園君がリゾート計画に賛成していたと思っていたのに、何らかのルートでじつは反対していると知ってしまった。賛成していた採択評議会のメンバーに裏切られたと思った相馬さんが、三反園君を亡き者にしようとした」

「あの態度はすべて演技だというのか」

「そう。今は女優に徹してるのかもね。……何なら猪熊さんに命じたとか。格闘技を習っているし、体の細い三反園君が相手だったら犯行もたやすいかなって」

「猪熊さんは従順だけど、さすがに人殺しまではしないんじゃないか。相馬さんは殺人事件に対するイメージ悪化を危惧していた。リゾート計画そのものを潰してしまうような行為を自らするだろうか」

「事件があったからといって、計画が潰れるとは限らないでしょ。それより三反園君が反対に回れば、それこそ計画が危ぶまれるはず」

　姫宮は自分の推理に自信を持っているようだ。

「ツチビノキはどうだ？　あれは宮崎県まで行かなければ手に入らない貴重なものだ」

「出張で宮崎県に行った際に種子を採取してきたとか。仮にその時じゃなくても、インターネットを介して現地の人から買うとか、譲ってもらうとか、そういう取引なんていくらでもできるよ」

「絶滅危惧種だぞ。渡すほうもリスクがあるだろう」

「闇取引……とまでは言わないけど、ばれなきゃいいって考えで取引してる人は多いでしょ。蜂須賀さんだって、そのあたりは知ってると思うけど」

「そうだが」

　オークションサイトでトウキョウサンショウウオ、オキナワヤマタカマイマイといった絶滅危惧種が平然と出品されていた時期がある。それもたった三年ほど前だ。こうした取引が、現在も地下サイトでいまだ行われていたとしても不思議ではない。

「仮に相馬さん、もしくは猪熊さんが犯人だとして、三反園が死んだ日のことはどうだ？　昨日、皆にも確認したけれど……俺は夜、会話や物音は聞こえなかった」

「そうね。私も何も聞こえなかった。というか、外の音がうるさかったでしょ」

　夜になって戻ってきた海鳥たちの鳴き声がかなり騒々しかった。あんな状態であれば、多少の音なら掻き消されてしまう。犯人はそのことを想定して犯行に及んだのかもしれない。

「注射痕は？　俺たちは皆、シリンジと注射針を持ってきているが、相馬さんたちは違う」

「隠して持ち込むのは可能でしょ。現に好みの携行食を勝手に運び入れてたし。犯行後に処分していると思うけど」

「そうだな……だがそれは俺たちにも当てはまる。普段使いのシリンジとは別のものを使用した後、隠すか廃棄したとも考えられるだろう。いかんせん、決め手となる証拠がないな」

　蜂須賀は右手の人差し指で顎を掻いた。伸びていた無精髭が爪に引っかかる。

　姫宮も考え込んだまま押し黙ってしまった。

　しばらく無言の時間が流れた。

　波の音がする。

小さな虫の羽音がする。

遠くで鳥が鳴いている。

自然の奏でる調べが、二人のいる狭い空間を埋めていく。

「……何も浮かばなくなってきた。ちょっと話を変えようよ」

「ん、ああ。どんな話だ？」

「蜂須賀さんって、どうしてこの道に入ったの？」

「話題、変わりすぎじゃないか」

「このくらい転換したほうが、気晴らしになるでしょ。それにせっかく東硫黄島《ひがしいおうとう》に来たんだし、こんな珍しい場所に来るに至った最初のきっかけを知るのもいいかなって」

蜂須賀は首筋に手を添えて考え込んだ。しばらくしてその手を離し、姫宮の少しつり上がった双眸《そうぼう》を見つめた。姫宮は先を促すように、口角をやや上げて首を傾《かし》げる。

「まあ、いいけど。以前、話さなかったか？」

「たぶん」

「小さい頃、俺は自分を固有種だと思ってたんだよ」

「は？」

姫宮が珍奇な動物を見るような目を向けてきた。

「小学校、中学校と、あまり学校に馴染《なじ》めなかったんだ。そんな時にテレビで固有種の番組を見た。その時に俺は思ったんだ。『俺は固有種だ』って」

「へえ……。でもなんか、他の人に比べて自分が貴重な存在みたいな言い方じゃない？」

「外来種に脅かされる固有種の孤立感みたいなものに共感したんだろうな。だが、自分を貴重だと思うのは大切なことなんじゃないか」

　姫宮が目を丸くして蜂須賀を見つめてくる。

「どうした？」

「珍しくまともな発言を」

「はっ。たまにはな」

「学校はどうして馴染めなかったの？」

「協調性がない、というのはよく注意された」

「ああ……昨日も相馬さんに叱られていたしね」

「俺は他の人と同じことをするのはつまらないと考えていただけだ。そしたら、いつの間にか一人になっていた。固有種の存在を知ってからは、図書館に通ってさまざまな本を読んだ。固有種の現状、外来種による被害……いろいろな事実を知った。もっと勉強したいと強く思った。調査だけでなく、保護活動にも力を入れたいと。その時に俺の運命は定まり、今ここに至るわけだ」

「ちゃんと理由があったんだね。しかもそれを実現して実践してるし」

姫宮が感心したように言って微笑む。

「まあな。姫宮はどうなんだ」

「私？　私は小さい頃から爬虫《はちゅう》類と両生類が好きで、イモリとか飼ってたんだよね」

「周囲から気持ち悪がられただろ」

「うん。かなり」

「俺もイモリを飼っていたからな。わかるよ。どうして好きになったんだ」

「カエルとかトカゲとか、かわいいでしょ。特に日本固有の種は落ち着きがあるというか、主張しないというか、儚《はかな》いというか。そういうところが気に入ったの。そうした動物を守ってあげたい、愛《め》でてあげたいという気持ちがあって。今もそういう思いが研究のモチベーションになっているってわけ」

「珍しくまともなことを言うじゃないか」

「たまにはね。蜂須賀さんに比べたら感覚的な理由だけど」

「大抵はそんなもんだ」

「そういえば水原さんは小さい頃に水族館のマンボウに衝撃を受けて、海洋生物が好きになったって言ってたなあ。みんなそういう感じなのかもね」

蜂須賀は「そうだな」と笑い、両腕を上げて大きく伸びをした。見上げると木々の葉と、そのはるか先にある青い空がモザイク模様を描いている。この島で殺人事件の渦中にいるとは思えないほど、長閑《のどか》な景色が広がっていた。

「さて、何か思いついたか？」

「それが、全然。いっそ、気分転換に場所ごと変えない？」

姫宮が岩から跳びはねるようにして下りた。

「少し歩いて、体を動かせば何か考えつくかもな。今福さんには遠くへ行くなと言われたが、たかだか直径二・五キロの島だ。どこに向かってもそう遠くはないだろう」

蜂須賀も両膝に手を置いて立ち上がる。

「悪い考えだね。でも、私は良いと思うよ」

姫宮は「本能の赴くままに歩いてみる」と宣言して、島の中心に向かってどんどん進んでいく。

途中、蜂須賀が設置したトラップに遭遇した。虫の習性を利用して液体の中に落とすフライト・インターセプト・トラップだ。

「トラップを回収していくよ」

「虫はかかってる？」

蜂須賀がトラップを覗くと、蛾《が》とカメムシが数匹、水に落ちていた。

「何匹かいる。まだ生きているな。どちらもこの島の固有種のようだが……逃がすよ」

「いいの？」

「こんな事件があったんだ。調査はもう中止せざるを得ないだろう。設置したままにしておくと、虫が死んでしまうしな。移動しながら回収していくか」

「ベースキャンプに戻ったら、私も捕獲したオガサワラトカゲを逃がそう。回収、手伝うよ」

「助かる」

蜂須賀は虫たちを傷つけないよう、細心の注意を払って水から救出する。「じゃあな」と手を軽く振って逃がし、トラップを回収してザックの中に押し込んだ。

その後も蜂須賀が印を入れた航空写真の地図を見ながら、近いものから撤去していく。ひととおり済むと、姫宮が先導してさらに進んでいった。やがて島の中央付近にある沼地が見えてくる。そこをやり過ごすと、すぐに開けた場所に出た。

「初日の午後は沼地からこの辺りを重点的に調査したんだ。水辺が近いし、両生類がいるかなって。でも、いなかったな」

たった二日前なのに、姫宮が遠い記憶を探るような目をして草地に腰を下ろした。

蜂須賀もその場に座り、ザックに入りきらなかったいくつかのトラップを脇に置いた。

「何か考えついたか？」

「何も」

姫宮がお手上げといったふうに、両手の手のひらを上に向ける。

「俺はひとつ気になることがあるんだが……初日の夜、鷹取さんが鳥を観察していたって言っただろ？」

「言ってたね。戻ってきた時間は十二時くらいだっけ？」

「ああ。だが正確な時間は不明だ。三反園を見なかったという鷹取さんの発言が本当なのかもわからない。それが気になってな」

蜂須賀は鳥の声がうるさくて寝つけず、何度も寝返りを打ったのは覚えている。時刻を見ると焦ってしまうので、あえて時計は見なかった。気づいたら、鷹取が横で寝ていた。

「となると、鷹取さんが一気に怪しくなってくるわけだけど。ツチビノキの種子を蜂須賀さんのザックから見つけたのは鷹取さんだよね。自分が持っていた種子を、さも発見したように錯誤させたとしたら？」

「それは……」

蜂須賀のザックからツチビノキの種子を発見したのは鷹取だ。仕込むまでもなく、あのタイミングで自分の持っていた種子を取り出すだけでよかった。荷物検査は相馬の提案だったが、そうした流れになると読んでいて、あらかじめ準備しておいたとしたら。

「それに、事件があったのに鳥の観察ばかりしているのもおかしいでしょ。犯人だからこそ、事件に対して無関心を装っているとか」

姫宮がたたみかけるように鷹取の不審な点を挙げていく。今福が蜂須賀を擁護してくれた時も、気にしているようだった。あの反応は自分がツチビノキの種子を仕込んだからだろうか。

「……鷹取さんは普段からああいう感じだが、いつもよりマイペースぶりに拍車がかかっている気はするな」

「あと、私たちが警戒しているのに、平然と単独行動できる理由がひとつあるよね」

「自分が犯人である場合か」

「そう。犯人なら単独行動をしても、襲われたり殺されたりする心配はないでしょ」

「確かにな」

「少し注意して見ておく必要はありそう。蜂須賀さんは同じテントだから気をつけてね」

「わかった」

自分から言い出した推測だが、鷹取の人柄と殺人というのがどうにも結びつかない。しかし、殺人犯の周囲の者はよく言うではないか。「まさか、あの人が」と。

蜂須賀は気持ちを落ち着かせようと、軽く息を吐きながら立ち上がった。

周囲を眺める。文明とは無縁の原生林が、深緑の葉を広げて精いっぱい生きている。またとない調査の機会だったのだが……。

そう思った時だ。

木の幹に沿って、赤い生き物が動いた気がした。

昆虫か？

そう思って近づき、蜂須賀は瞠目《どうもく》した。赤地に黒い斑点模様をまぶした胴体を持つ甲虫。

馬鹿な。なぜこの島に――。

理由を考えるより前に、体が動いていた。捕獲しなければ。

さもなければ――生態系が乱されてしまう。

蜂須賀は手で虫の胴体をつまむと、サイドバッグから小型のプラスチックケースを取り出して素早く中に入れた。

「どうしたの？」

蜂須賀の様子を見て、姫宮が怪訝《けげん》そうに近寄ってきた。

「これ、カミキリムシ？」

ケースの中で蠢《うごめ》いている虫を覗き込みながら、姫宮が訊ねる。

「ああ。覚えていないか」

「さあ……？」

「大学の定期試験に出ただろ。毎年定番の設問だから、俺が教えてやったんだ」

「思い出したような、思い出せないような」

「今年も出た、大当たりって、拍手して騒いでいたじゃないか」

「ごめん……だいぶ前の話だし」

すっかり忘れている姫宮に閉口しつつ、蜂須賀は言った。

「これはフェリエベニボシカミキリだ。この虫は鹿児島の……奄美大島にしか生息していないんだよ」

「あ……」

姫宮は思い出したような顔をして、蜂須賀とフェリエベニボシカミキリを交互に見やった。

蜂須賀にはこの赤い虫が、急速に禍々《まがまが》しいものに見えてきた。そして思った。

——この島でいったい何が起きているんだ。

3

東硫黄島にいるはずのないフェリエベニボシカミキリを発見した後、姫宮と二人でこの周辺を調べ回った。

林立する原生林の幹や枝、繁茂する葉の表面や裏などを注意深く確認する。幸いこのカミキリの赤い胴体は目につきやすい。

一時間ほどかけて、他に二匹のフェリエベニボシカミキリを捕獲した。

「合計で三匹か……」

「どうしてこの島にいるの？　ツチビノキといい、何かがおかしい」

「ちょっと待て」

蜂須賀は持ってきたザックから、ボロボロの紙の地図を取り出した。しゃがみ込んで草地に地図を置く。姫宮も屈《かが》んで地図を見下ろす。

「日本全図だね」

「ここが東硫黄島だ」

蜂須賀は地図の下側やや右にある、点のような島に指を置いた。そこから左に指を這《は》わせていく。蜂須賀の指は東硫黄島から西に向かい、沖縄本島のすぐ下にたどり着いた。奄美《あまみ》大島《おおしま》は沖縄本島の少し北に位置する。

「東硫黄島は北緯24度47分、東経１４１度79分。奄美大島は北緯28度22分、東経１２９度29分だ。東硫黄島と奄美大島はどちらも同じ亜熱帯海洋性気候で、緯度が似通っている。奄美大島を発した流木などに卵や幼虫、サナギが付着していたのだろうか」

「奄美大島から黒潮《くろしお》に乗ったとしても、海流は本州と硫黄島の間を流れて東に抜けていっちゃうから、この島に流れ着くのは無理じゃない？」

「そうだな……あ、黒潮再循環流なら、たどり着く可能性はあるかもしれないが」

「それは？」

蜂須賀は指で奄美大島の北側から本州の太平洋側をなぞっていき、房総《ぼうそう》半島を抜けたところで時計回りに大きく半円を描いた。

「このように西から東に流れる黒潮の一部が、南側に環流していく現象だ。姫宮が言ったように本来ならそのまま東に抜けていくが、日本からかなり離れた後でも環流して戻ってくる場合がある。南硫黄島では、東北地方の市場の名が記載された発泡スチロールの箱が流れ着いたのが見つかった。おそらく環流に乗って戻ってきたんだろう」

「なるほどねえ。それ、あるかもだね」

姫宮は手をぽんと叩《たた》いたが、蜂須賀は腕組みをして唸《うな》った。果たしてそんなことが可能なのか。

「自分で言っておいてなんだが……虫の卵やサナギがそんな途方もない距離を漂い続けるのは、環境的に厳しすぎる気がする」

「……確かに、あまりにも距離が長いね」

「やはり流木説はなしだな。となると、ツチビノキと同じ線か……」

蜂須賀は地図を折りたたみ、ザックに押し込んだ。

「三反園君を殺した犯人が持ち込んだ？」

「ツチビノキは宮崎県、フェリエベニボシカミキリは鹿児島県の奄美大島。いずれも九州地方だな」

「九州方面へは全員が調査や仕事で訪れた経験がある。この条件からは絞れないね」

「誰が持ち込んだかは気になるが……現時点ではわからない。気候がほとんど同じだからフェリエベニボシカミキリはこの島で生息できる可能性がある。ここで繁殖されてしまっては生態系に影響が出るかもしれん。見た範囲では他にいなさそうだが」

「広範囲に調べたほうが良いのかな」

「そうしたいが、桐生丸と連絡が取れて警察が来てからだろうな。事件のほうが気がかりだ」

「そうね。でも、カミキリの件は皆に伝えておかないとね」

「ああ」

蜂須賀は捕獲したカミキリの入った小型ケースをザックに仕舞った。

「撤去したトラップを運ぶの、手伝うよ」

姫宮の厚意を遠慮なく受け入れる。蜂須賀はザックを背負い、二人でトラップを抱えてベースキャンプへと足を向けた。荷物を持ちながらの移動は苦労したが、三十分ほどで到着した。トラップを持ち帰った二人を見て、そろっていたメンバーは驚いたようだった。しかし蜂須賀が伝えた事実を聞くや、今福が幽霊でも見てしまったように目を大きく見開いた。

「フェリエベニボシカミキリだと？」

今福が蜂須賀からプラスチックケースを奪い取るようにして手にした。ケースの中のカミキリを見た瞬間、今福はそれがフェリエベニボシカミキリだとわかったようだ。忌々しそうにカミキリを睨みつけながら舌を打つ。

「何ということだ。俺たちが持ち込んでしまったのか」

「違うでしょう。成虫ですよ。上陸前に荷物確認と虫や種子の除去作業は徹底していました。仮に紛れていたとしても、一匹ならまだしも複数匹ですよ。それなら除去作業中に気づいていたでしょう」

蜂須賀は今福を落ち着かせるように言う。今福は自身の責任問題になると思っているようだ。これだけ平時とかけ離れたことが立て続けに起きれば、そうも考えたくなるだろう。

「カミキリなんていつ持ち込んだんですか。私も上陸時は無理だと思いますけど」

姫宮が険しい表情をして蜂須賀に同意する。

「では誰が？　ツチビノキの種子を持ち込んだやつと同じなのか。だとすると……これも三反園を殺した犯人の仕業ってわけか」

今福が、三反園を殺した者と結びつけて考える。

蜂須賀の脳裏にある考えが浮かんだ。

「俺たちが上陸する以前に何者かが持ち込んだのでは？」

蜂須賀の推測に、メンバーたちの顔が一様に強張る。

「でも、上陸には東京都と小笠原《おがさわら》村《むら》の許可が必要でしょ」

姫宮が厳しい顔つきのまま疑問を口にする。

「外来種を持ち込むようなやつだ。無許可で上陸したんじゃないか」

「そんな。何のために」

「わからない。東硫黄島のような絶海の孤島に来てまで、外来種を持ち込む理由……」

「この島の生態系を破壊しようとしているのかもしれない」

土屋が突拍子もないことを口走った。

「それこそ理由がわからない」

姫宮が反論するが、土屋は納得がいっていない様子だ。小笠原出身だから、神経質になっているのだろうか。口籠もったかに見えた土屋だったが、相馬と猪熊に鋭い視線を投げつける。

「……リゾート計画を潰すためなら、理由になるんじゃないですか」

「はぁ？」

相馬が不愉快そうな顔をして右手を腰に当てた。

「この島にリゾートなどいらないと義憤にかられた誰かが、外来種を持ち込んだんですよ。外来種が繁殖したら、この島の独自性と価値が失われて、観光には適さなくなる。もしかしたらカミキリを持ち込んだのは、三反園を殺したやつとは別の人間なのかもしれない」

「正気？　というか、あなたじゃないの？」

「そんなわけないでしょう。僕はこの島の固有種を守りたいのに」

「私たちだって環境保護を前提に計画を推進しているんですけど」

「あんたたちに保護なんてできるわけがない」

「あのね、あなたの意見はどうだっていいの。そもそもツチビノキはどうなの？　どう考えても全部同じやつがやったんじゃない。少しは頭を使いなさいよ」

「何？」

土屋が歯を剝《む》き出しにして、相馬に詰め寄ろうとする。

「待ってください。今、ここで口論しても仕方がない」

今福が二人の諍《いさか》いをおさめようとするが、土屋と相馬は無言のまま睨み合っている。

「今福さん、桐生丸から連絡は来ました？」

場の雰囲気を変えようとして蜂須賀が訊ねた。しかし、今福は「いや」と暗い顔をして応じた。

いまだに桐生丸とはＳＯＳの交換しかできていない。せめてドローンが来てくれれば、状況を少しでも伝えられるのだが。

「……ほんと、どうかしてる」

相馬が目を伏せて、深いため息をついた。

「人が死んだだけじゃなくて、生態系まで乱されてしまったら……本当にリゾート計画の中止を検討する必要がありそうだね」

「そうですね。そう思います」

相馬の見解に猪熊が瞬時に同調する。

他の皆はどう反応すればいいかわからず、二人の会話をただ聞いていた。

「上層部はやりたがっているから、無理にでも計画を推進しなくちゃいけなくなるかもだけど。でも、私はもうこんな島にいたくない」

「何だって。こんな島とは何だ！」

一度は押し黙った土屋だったが、怒声を発しながら一歩踏みだした。相馬は臆することなく、右腕を島の中心部へ向けて言い返す。

「こんな島でしょ。人は死ぬわ、いないはずの虫や種子は出てくるわ、もう何もかも無茶苦茶じゃない」

「島への冒瀆《ぼうとく》は許さない」

地元ともいえるこの島を悪し様に言われ、土屋がますますヒートアップする。

「冒瀆？　事実でしょうに。それにあなたたちの中に、外来種を持ち込んだり人を殺したりする犯人がいるんでしょ。どう責任を取ってくれるのよ」

「まだ何もわかっていないじゃないか」

「相馬さん、いちいち言葉がきついです。もう少し冷静になってください」

我慢の限界がきたのか水原が口を開いた。普段はおっとりしているが、言うべき時は言うのが水原の長所だ。だが言われたほうはそう取らない場合も多い。相馬は鬱陶しそうに、水原を見くだすような目をする。

「私は冷静ですよ。あなたこそ、危機感がないんじゃなくて。あ、もしかしてあなたが犯人？三反園さんとの恋愛沙汰とか？」

「そんな。ふざけないで」

「どうしてそんなにムキになるの。ますます怪しいね」

「やめろ。発言を撤回しろ！」

土屋が語気を強めると、相馬は「撤回？　するわけないでしょ」と臨戦態勢に入ろうとする。

「やめましょう。いがみ合っている場合じゃない」

今福が、言い争う三人を仲裁しようと両腕を左右に押し広げた。

「殺人犯がいるのに、仲良くなんてできないでしょ」

「そんなふうに考えることこそ、犯人の思う壺《つぼ》ですよ」

今福が必死に説得する。相馬は鼻息を漏らして黙し、土屋は苛立たしげに唇を嚙《か》みしめた。水原は心を鎮めようとしているのか、顔を伏せて両手の親指を擦《こす》り合わせている。

三人の様子を見た今福が話題をもとに戻した。

「フェリエベニボシカミキリの件だ。他にも持ち込まれている生物がいないか調べる必要があるだろう。三反園の件はもちろん重要だが、こちらも一刻を争う。初動で抑え込まないと、取り返しがつかなくなる」

「それは理解できますが、警察が来るのを待ってからでも遅くはないかと」

蜂須賀が難色を示すと、今福は「それは違うぞ」と否定し、理由を述べた。

「俺はカミキリだけを問題視しているんじゃない。俺たちが島を去った後、次の調査で外来種が発見されてしまったら、なぜあの時もっと調べなかったんだと責められる。他にも外来種がいたら、俺たち全員の責任になるんだ。そうならないよう最善は尽くすべきだ」

今福は先のことを考慮に入れているらしい。事件が解決していない中、積極的に島内を調べ回ることには抵抗があったが、今福の言はもっともに思える。それに後になって外来種が発見された時、まず槍玉《やりだま》に挙げられるのは団長の今福自身だろう。

「仰ることはわかります」

「なら、調べようじゃないか」

「……仕方ありませんね。やりましょうか」

蜂須賀は渋々といったふうに返事をする。

「他の皆は？」

今福がメンバーを見渡しながら問うと、姫宮と水原は「わかりました」と従った。

「……生態系の問題は重要です。やりますよ」

土屋もあまり乗り気ではなさそうだったが承知する。

今福はほっとしたような顔をしてから、左右を大きく見やった。

「鷹取は？　おい、鷹取？」

今福が大声で呼ぶが、鷹取の姿が見えない。またどこかで鳥の観察をしているのだろうか。

「さっきまでいたのにな」

水原がきょろきょろと周りを窺《うかが》うが、やはり鷹取の姿はない。そんな中、姫宮が意味深な視線を蜂須賀に送ってきた。先ほど、鷹取が怪しいと話していたばかりだ。そのことを言いたいのだろう。現に今も鷹取は単独行動をとっている。

「また鳥の観察でもしているんだろう。見かけたら外来種の調査の件を伝えておいてくれ。俺も会ったらよく言っておくよ」

今福が諦めたような顔をして皆に指示する。

「これから手分けして、外来種がいるかどうか探すぞ。自分で判断できない場合は、近くにいるメンバーに訊くか、トランシーバーで連絡を入れるなりしてくれ」

「僕は一人で行ってきます」

土屋が網やケースなどの道具を持って、さっさと行こうとする。

「一人は危険だろう」

今福が制するが、土屋は薄ら笑いを浮かべた。

「殺人犯が近くにいると思うと、落ち着きませんからね」

わざわざ蜂須賀に視線を向けてから、この場から離れていく。「危ないぞ」という蜂須賀や今福の忠告を振り切って、東のほうへと行ってしまった。

「私がついていくから、心配しないでください。何か見つけたらこれでメモをとってきますね」

水原は傍らに置いてあったタブレットＰＣを手に取る。

「水原さん、タブレットＰＣで写真を撮れるなら、撮ってきてほしいんですが」

蜂須賀が呼び止めながら頼んだが、水原は顔の前で手刀を切った。

「残念ながらカメラ非搭載なの。しっかりメモしてくるから」

水原は慌てた様子で土屋のあとを追っていく。

「大丈夫だろうか」

今福が二人の去っていったほうを見ながら、眉間に皺《しわ》を刻む。姫宮が微笑を浮かべて応じる。

「水原さんは土屋君を『弟みたい』って思ってるから、彼が心配なんですよ」

「そうか。まあ、水原君に任せておけば心配はないが」

今福は顔を歪《ゆが》めたまま髭を撫《な》でた。

蜂須賀は事件が起きた日の夜、土屋が一人で寝ると言いだした時に、水原も一緒についていこうとしていたのを思い出した。そういう気持ちがあったからだったようだ。

「私たちは固有種か外来種かなんて見てもわからないから、調査なんてできません。それにどうしても、あなたたちは信用できないし」

相馬は不信に満ちた目を今福に向ける。

「やむを得ません」

　今福が残念そうに俯《うつむ》いて、ぽつりと答えた。

　相馬は「少し休みますから」とテントに向かう。体臭が気になるのか、脇の辺りに顔を寄せながらテントに入っていった。残った猪熊に今福が訊ねる。

「猪熊さんはどうされるんですか」

「俺はここに残ります。相馬さんの警護で」

「寝てないんでしょう？　少しお休みになられたら」

「いい。二日ぐらい寝なくても大丈夫だと言ったでしょう」

　猪熊は今福の心づかいをにべもなく断る。

　今福も無駄だと悟ったようで、首を左右に振り、蜂須賀と姫宮に「行くか」と促して力なく歩き始めた。

　この調査団は完全に空中分解していると、蜂須賀は今さらながらそう痛感せざるを得なかった。

4

　蜂須賀たちは島の西から南にかけて、外来種の調査を進めていった。

二時間後――。

集合地点と決めた一際大きなオガサワラビロウの下、姫宮が戻ってくるなり訊ねた。

「蜂須賀さん、どうだった？」

先に調べを終え、オガサワラビロウの幹にもたれていた蜂須賀は指で丸印を作った。

「俺が見た範囲では在来種のイオウジマケシカミキリがいたくらいで、外来種はいなかった」

「そっか。私も自分のわかる範囲では、いなかったよ」

葉擦《はず》れの音がし、木々の葉の間から今福が姿を現す。顔を見るや姫宮が訊いた。

「今福さん、どうでした？」

「この辺りに外来種はいないようだ」

外来種と思われる生物は発見されず、蜂須賀はひとまず安堵《あんど》する。

「土屋たちの報告を聞かないと安心できんな」

今福が不安は拭いきれないといったように、浮かぬ顔をする。

「俺たちだって調べたと言っても、すべてはとても見切れません。やはり外部との連絡が先決でしょう。そうすれば警察がこの場にやってきて、三反園の件は捜査を進めてくれるでしょう。その後にじっくり調べられますよ」

「警察の人たちって、信用できるの？」

姫宮が妙なことを言い出した。

「どういう意味だ？」

「ああ、捜査を指してるんじゃなくて、固有種への理解というか、この島にずかずかと土足で踏み込まれるのは困るでしょ。小虫や種子などを持ち込まないよう除去してもらわないと」

「そういう意味か。通常の捜査と同じ気分で来られるのはまずいな」

「桐生丸と連絡が取れたら、細心の注意を払って上陸してもらうように、しっかり伝えておかないとね」

そんなことを話しながら、三人はベースキャンプへと戻った。

相馬は寝てしまったのか、テントの前で猪熊が前方を見据えて門番のように立っていた。

「猪熊さん、お疲れでしょう。せめて座ったらどうですか」

今福が心配りをするが、猪熊は「立っていれば眠くならないので」とそっけない。今福は何を言っても無駄か、というように苦笑する。

蜂須賀たちがしばらくテント前で休息していると、土屋と水原が戻ってきた。

「外来種はいないと思われます」

土屋がすぐさま報告する。今福も「こちらもだ」と少し顔が明るくなった。よほど責任を感じていたようだ。

戻ってきた水原が周囲をしきりに見回し始めた。

「やっぱり、ないなぁ」

「水原さん、どうしたんです？」

姫宮が訊ねると、水原は「タブレットＰＣをなくしちゃったみたいなの」と困ったような顔をした。

「大変じゃないですか。大切なメモやデータが入っていたんじゃ」

「調査ができたのは初日だけで、外来種もいなかったから、新しいデータは入力していなかったけど」

「この島にあるのは間違いないんだし、探したほうがいいんじゃないですか」

「今日はもう遅いから、明日よく探してみる。どこかに置き忘れてきただけだと思うから。ありがとう」

「その時は僕も行くよ。一緒にいて気づかなかったし」

土屋が顔をしかめて頭を掻く。

「土屋君は調査に夢中だったからね。私もだけど」

ほんのわずかな間だが、事件前のいつもの光景が戻ってきたような気がした。

蜂須賀が彼らのやり取りを聞いていると、相馬がテントから出てきた。

「他に何もいなくて、良かったですね。そろそろ暗くなってくるので、私たちは行きます」

相馬は猪熊を引き連れて、またこの場から離れていこうとする。

「ここで寝ないんですか」

「ええ」

今福が引き留めようとするが、相馬はすげなく答える。

「ここにいてもらえませんか？」

「あなたは私の上司じゃないでしょう」

相馬は栗色の髪を翻し、猪熊とともに上陸地点に近い北側の砂浜のほうへと去っていった。今日も同じ場所で寝るのだろうか。やはり桐生丸が近いぶん、気分的に安心できるのかもしれない。

苦々しい表情をしている今福に、土屋が追い打ちをかけた。

「じゃあ、僕も移動します」

「土屋。ここにいろ」

今福が絞り出すような声で引き留める。

「僕は昨夜、安全を立証済みですよ」

「今福さんを困らせるなよ」

蜂須賀は座ったまま、土屋をたしなめる。

「蜂須賀さんに言われたくありませんよ」

土屋は気にくわなかったのか、テントに駆け込むとザックを背負って出てきて、昨晩と同様に西の方向へと歩いていく。

「待ってよ、土屋君。話し合おうよ」

水原が慌てた調子で思いとどまらせようとするが、

「水原さんも一人で寝たほうが安全だと思いますよ。じゃ」

土屋は躊躇《ちゅうちょ》せず、荷物を担いでこの場を去る。

「ほんとに、しょうがないな」

水原は残念そうな表情を一瞬見せたが、「あ、私はここに残るからね」と皆に言った。

ベースキャンプに残ったのは昨夜と同じ蜂須賀、今福、姫宮、水原、そして鷹取だ。

鷹取は土屋が去ったタイミングで戻ってきた。北の上陸地点付近で鳥の観察をしていたらしい。相馬たちが来たので、ベースキャンプに帰ってきたという。

「鷹取、単独行動は危険だし、和を乱すような行動は慎んでくれ」

「ええ、わかりました」

鷹取は今福との会話を避けるように顔を背けると、デジタルカメラを取り出してその場に座り込んだ。また写真に見入っている。

まるで誰とも関わりたくないといった態度だ。やはり普段の鷹取とは少し違う気がする。心を覗かれなくないために壁を築いているように感じた。

「鷹取さん、何を見ているんですか」

蜂須賀はその壁を少しでも崩そうとして訊いた。

「いや、別に」

鷹取がぶっきらぼうに答える。

「別に……？　何かまずいものでも写っているんですか」

「そんなわけないよ」

「じゃあ、見せてもらえますか」

蜂須賀はカメラを受け取ろうと手を向ける。被写体ももちろん気になるが、すんなり見せるかどうか、それを確かめたかった。鷹取はやや逡巡《しゅんじゅん》するような目をして、無言のままカメラを差し出す。蜂須賀は受け取り、写真を検《あらた》めた。写っているのは鳥ばかりだった。どれだけ遡っても、鳥しか写っていない。本当に鳥だけを写していたのか。不都合に感じて削除した画像はないのだろうか。だが、蜂須賀にはそれを確かめようがない。

「……鳥ばかりですね」

「うん。そのためにここへ来たんだからね」

「でも、こんな状況ですよ。今福さんのことも考えましょうよ」

鷹取は目を伏せて押し黙り、手だけをこちらに向けてきた。蜂須賀はカメラを鷹取に返す。

姫宮が蜂須賀に視線を送ってきた。鷹取の行動に注意せよという意味か。いずれにしても鷹取が起きている時は皆の監視下にあるし、寝る時も同様だ。怪しい行動を取ればすぐにわかる。

「昨日みたいに一人ずつ短く休んでも疲れが抜けないから、今夜は二人ずつ寝るのはどう？」

水原が皆の顔を見回しながら提案した。四人も起きている必要はないのでは、というのだ。蜂須賀と姫宮は今福に判断を求めた。

「良いんじゃないか。三人起きていれば充分足りる。順番を決めよう」

あみだくじの結果、「1」を引いた鷹取と姫宮が一番になった。二番目は蜂須賀と水原、三番目は今福と二回目の姫宮、ここから全員が二巡目に入って鷹取と水原、蜂須賀と今福という順番だ。それぞれ二時間の睡眠で交代することになり、午前五時から七時の枠が最終だ。

順番が決まった後は携行食で夕食をとって、九時前になって鷹取と姫宮がそれぞれのテントに入っていく。

二時間、何事もなく経過し、次に蜂須賀と水原が各テントで睡眠を取った。もともと昨晩から睡眠時間が少なく、細切れだったからか、すぐに就寝できた。

　――二時間はあっという間だった。

「……もう時間ですか」

　今福に起こされた蜂須賀は、目を擦りながらテントから出た。時刻は深夜一時。続いて今福と二回目の姫宮がそれぞれ睡眠を取る。

　起きているのは水原と鷹取だ。蜂須賀は頃合いを見て、鷹取に訊ねた。

「鷹取さん、ずっと鳥の観察を？」

「ん？　……ああ。気が滅入ってくるからね」

「初日の夜も……鳥の観察をしていましたよね」

「初日？　ああ、巣に戻ってくる海鳥たちに興奮しちゃってね。木の上に巣を作る種類や、オナガミズナギドリのように穴を掘って土の中に営巣する鳥がいるんだ。今も戻って来ているけど、もう気分は落ち着いたよ」

　海鳥の集団は毎夜巣に戻ってくると、かしましい声で鳴き続けていた。

「三反園が殺された夜、不審な人物や物音に気づかなかったか、もう少し詳しく教えてくれませんか」

　鷹取よりも水原がはっとしたような顔をした。蜂須賀は目で制し、鷹取に「どうです？」と促す。

「それは昨日、答えたよ。気づかなかったって」

「十二時までには戻って、三反園の姿は見ていないんですよね。他に何か思い出したことはありませんか」

「どうだったかなあ。物音といえば鳥の鳴き声がすごかったし。不審者は……強いて言えば鳥ばかり見ていた自分がそうなのかもなあ」

鷹取はにたりと笑った。自身が疑われているとは気がついていないのか、それとも故意にこうした反応をとっているのか。薄い笑みを浮かべたままの彼の表情からは、まったく読み取れなかった。

「蜂須賀君は鷹取さんと同じテントだから、鷹取さんがいないって気づいたんだね。しばらく一人でテントを独占できて良かったじゃない」

「それはそうなんですけど、うるさくて眠れませんでしたよ」

「私も歌織《かおり》ちゃんと、うるせえぇって言いながら鳥に愚痴ってたよ。今も鳴いてるけど、慣れてくるもんだね」

初日は騒音公害のように感じていた鳥の鳴き声も、三日目の夜ともなると次第に慣れてきた。さっきも気にすることなく、すぐに眠りにつけた。

「事件といえば、犯人はどこに無線機と凶器を隠したんだろう。シリンジと注射針も凶器になるよね……。そのことも気になるけど、一刻も早く桐生さんか雷田《らいだ》さんと連絡をつけないと」

鷹取が初めて事件について言及した。いきなりのことで蜂須賀は驚いたが、鷹取はさらに話題を変えた。

「たとえばスズメ目に属するヤマガラは、秋にドングリを埋めて隠す。で、食糧が少ない冬に掘り起こして食べる。皆も知っていると思うけど、貯食行動だね。鳥ならキツツキのなかまが木に穴をたくさん開けて貯蔵するし、哺乳類ならリス……これは口の中だね。犬や猫は土に埋めたりするよね」

「モズとか」

水原が鳥の名前を挙げると、鷹取は嬉しそうな顔をする。

「モズのハヤニエだね。あれは獲物を見せびらかすように保存している。隠してないんだ」

「あ、そうか」

「ハヤニエはトーテムポールと同じように縄張りを主張しているという考え方もあるね」

鷹取の話を聞きながら、犯人なら無線機や凶器をどこに隠すのだろうかと、蜂須賀は思考を巡らせた。土の中、木の穴の中、茂みの中……この島ならこんなものだ。もし海に棄《す》てずに隠したのならば、また使うためとも考えられる。やはり探す必要があるが、孤島とはいえ直径二・五キロの島だ。移動だけならたいした距離ではないが、小さな機器や道具を探すとなるとそれなりの広さになる。原生林の生い茂る自然の中では、かなり骨の折れる作業だ。

だが逆に、闇雲に隠してしまうと犯人も探し出すのに困るというわけだ。なら、どうすれば隠したものを探しやすくできるのか。

そう、目印だ――。

「鳥や動物の貯食活動には、目印ってあまりないですよね？」

蜂須賀の質問に、鷹取は「ああ」と応じて説明する。

「はっきりとは解明されていないが、貯蔵場所を記憶しているらしいんだ。もちろん忘れ去られて放置されているものもあるがね。犯人がもし無線機や凶器を隠した場所に目印をつけるとしたら、どうするんだろうねえ」

水原が腕を組んで考え始めた。蜂須賀は同時に別のことも考える。鷹取の態度は犯人のそれとは思えないが……まだ信用するわけにはいかない。

「土に埋めて、すぐ近くに特徴のある形の石を置くとか」

水原が腕を解き、手で石の形のような弧を描きながら答えた。

「木の穴の中かなあ。幹に刃物で傷か記号をつけておけば目印になる」

次に鷹取が刃物で削るような仕草をする。どちらの回答も、ありそうに思えてくる。

「都合よく木に隠せるほどの穴があるかな？」

水原が首を傾げながら突っ込みを入れた。

「それを言うなら、土の中も無線機が故障してしまいそうだよ」

「確かにねえ。蜂須賀君は？」

「鳥の巣の中とか」

「えぇ、凶器が刺さって鳥が死んじゃうよ」

「凶器は布のようなもので包んでおけば大丈夫だろう」

「それは『あり』かもしれないね」

鷹取がハトのように首を前後に振り、同調して続ける。

「ほら、さっきオナガミズナギドリが土に巣穴を作るって言っただろう？　たとえばその中とかね。巣の場所を覚えておけば、周囲の風景が目印になるかも」

「なるほど。でも探すのは大変ですかね。巣の中に鳥がいるだろうし」

「オナガミズナギドリは繁殖期以外だと夜しか巣に戻らないんだけど……今は六月。四月から十月が繁殖期だから、昼夜問わずに巣に戻ってくる。巣に凶器などを隠すのは難しいと思うけど、むやみに島を探し回るよりはマシかもしれないね」

鷹取は案外積極的に、犯人の隠した無線機と凶器について推測を重ねてくる。鷹取は犯人ではないのだろうか……。いや、知っているからこそ異なった推測に誘導し、本当の隠し場所から目を逸《そ》らさせようとしているのかもしれない。短絡的な判断は禁物だ。

「なかなか面白い話をしてるじゃない？」

姫宮の声がして、皆がテントのほうを振り向いた。姫宮が起きだしてきて、輪に加わった。話を聞いていたらしい。

「姫宮。まだ二十分ほどあるけど」

「蜂須賀さんの声が大きいから、あまり眠れなくて。ってのは冗談。さっきはすぐ寝られたんだけど、二回目だからかな？　楽しい推理を展開してるから、もう起きちゃえって思って」

「どの箇所から聞いていたんだ？」

「水原さんの『モズ』のあたりかな」

「歌織ちゃん、聞いてたの？　恥ずかしい」

水原が姫宮の肩を叩《たた》いて、はにかむように笑う。

「で、姫宮はどう考えるんだ？」

「無線機と凶器ね。そうだなあ」

姫宮は唇を尖らせ、折った両膝を腕で覆って考え込む。わずかな間の後、思いついたように顔を上げた。

「あ、そうだ。無線機と凶器を入れたビニール袋に石を詰めて、島の真ん中にある沼地に放り込んでおくっていうのは？」

「ああ……それはありそうだね。何で思いつかなかったんだろう」

水原が少々悔しそうに自分の頭の上に両手をのせた。

「沼地なら枝を立てておくとか、目印をつけられるな」

蜂須賀は姫宮の考えを補う。

「さほど大きくない沼地だし、不自然なところがあればわかるんじゃないかな。引きあげるための紐《ひも》とかがあるかもしれないし」

姫宮の発言を聞きながら、鷹取も首肯している。同じ意見のようだ。

「明日、沼地を調べてみようか」

「いいよ、そうしよう」

蜂須賀の提案に姫宮と水原が応じる。鷹取は意見表示をせず、ただやり取りを聞いていた。凶器などを隠すという話をしておきながら、なぜ黙しているのか。それが蜂須賀には気になった。

「鷹取さんは？」

「大勢で行くと犯人に感づかれるかもしれないね。私は少し距離をとっておくよ」

「そうですか」

蜂須賀は腑《ふ》に落ちなかった。

ここに集まっているのは四人。犯人が混ざっている可能性は低くはない。それなのに、なぜ鷹取は疑いがかかるような行動を取るのだろう。「犯人に感づかれる」というのは、この場にいる四人の中に犯人がいないとわかっているからこそ、そう言えるのではないか。そしてもうひとつの可能性として、鷹取自身が犯人だとしても、そう言えるはずだ。単独行動ができるのは犯人だからと、姫宮も言っていた。やはり鷹取は何か隠しているのではないだろうか。

姫宮もやや不信めいた目つきになっている。同じことを思っているようだ。

「あ、そろそろ三時だね。今福さんを起こさなきゃ」

水原が腕時計を確認して、今福のテントに目を向けた。

「俺が起こしてこよう」

蜂須賀は立ち上がり、テントに近寄って呼びかけた。

「今福さん。時間です」

呼んでも出てこない。よほど深く眠っているのだろうか。「失礼します」とテントの中に入った。寝袋の中に人影が見え、近寄って確認する。今福だ。

「今福さん。起きて」

今福の肩を持って揺すった。それでも起きない。

まさか――。急激に不安が募ってきて、鼻と口の近くに顔を持っていった。

呼吸音が聞こえる。

「なんだ……。おい、今福さん」

蜂須賀が強く揺さぶると、「ううん」と小さく唸って今福が目を開けた。

「蜂須賀か。もう時間なのか」

「そうですよ。起きないからびっくりしましたよ」

「そりゃ、悪かった。疲れが溜《た》まっていたようだな」

今福が起き上がり、一緒にテントを出た。今の話をすると、皆が笑った。

「今福さん、ずっと気が張っていたからね。立場的に責任を感じているでしょうし。しょうがないですよ」

水原がいたわるように言うと、今福は「いや、すまない」と恐縮しながら頭を掻いた。

「次は……水原君と鷹取か」

今福は照れをごまかすように、二人の顔を見た。時刻は深夜三時。次の二時間の間に、夜が明けるだろう。最後は蜂須賀と今福の番だ。

水原と鷹取がそれぞれのテントに入っていく。

起きては来たものの、今福は眠そうに目を頻繁《ひんぱん》に擦り、あくびを噛み殺している。

「コーヒーを淹れましょう」

その様子を見た姫宮がやかんを手にした。今福は「動かないと寝てしまう」と立ち上がり、食料ケースから新品の紙コップを取り出した。ビニールの封を開け、ケースの蓋の上に紙コップを並べる。その間に姫宮が個包装のドリップバッグをコップに設置していく。沸くのを待って姫宮がやかんを手にし、ドリップバッグにお湯を注いでいった。

「どうぞ」

姫宮が勧めると、今福は「じゃあ、いただくよ」とコップを手に取った。蜂須賀と姫宮もコップに手を伸ばす。

今福は湯気の立つコーヒーをすすりながら、満足そうに目を細める。

蜂須賀もコップを傾け、黒い液体を口に含んで体に取り込んだ。

「うまいな」

蜂須賀がコップを小さく揺らして息を漏らすと、姫宮が得意そうな笑みを作る。

「でしょ。こういう時に飲むと、よりおいしく感じるかもね」

「それは言えてるな」

そんな話をしながら、しばらく経《た》った頃、今回は長めに睡眠をとれたものの疲れが出てきたのか、蜂須賀は瞼が重くなってきた。

寝ては駄目だ、と思うが睡魔は容赦なく本能に触れてくる。あれだけうるさかった鳥の鳴き声が、子守歌のように感じられてきた。目元を揉《も》みながら耐える。今福と姫宮が会話をしている。それすら心地よい調べのように聞こえた。

それで安心したのか、「いけない」と思いながらも、充電が切れた電子機器のようにすとんと意識が落ちた。

第四章

1

「蜂須賀《はちすか》さん、蜂須賀さんってば」

姫宮《ひめみや》の声が遠くから聞こえる。頭が重い。幻聴だろうか——。

そう思ったところで、体が小刻みに揺れ始めた。揺れ幅が徐々に大きくなってきた。船から落ちてしまいそうな感覚が生じる。

蜂須賀は張りついている瞼《まぶた》をこじ開けた。

姫宮、今福《いまふく》、水原《みずはら》、そして鷹取《たかとり》までもが呆《あき》れ顔をして覗《のぞ》き込んでいた。姫宮が蜂須賀の肩から手を離す。体を揺すっていたのは姫宮だったようだ。

「蜂須賀さん、やっと起きたね」

「あ……順番じゃないのに寝落ちしてしまったのか。すまん。今、何時だ？」

「もう五時過ぎだよ」

姫宮が腕時計を指差す。空が明るくなっていた。この時期、この島の日の出の時間は午前四時半前後だ。

「二時間近くも寝てしまったのか」

鈍い頭痛がする。蜂須賀は頭を軽く振ってから、大きなあくびをした。まだ脳は眠りを欲しているみたいだ。

姫宮は少しふらつきながら座っていた場所に戻り、蜂須賀に言う。

「全然起きないんだもん。さっき水原さんと鷹取さんがテントから出てきたから、それに合わせてあらためて蜂須賀さんを起こしたってわけ」

「今福さんを笑えないな」

「蜂須賀さんは五時からの睡眠の権利は剝奪ね」

姫宮はそう言いつつ、ばつの悪そうな顔をする。

「どうした？」

「それが……私と今福さんも少しウトウトしちゃったんだよね。ほら、私二回目の時に早く起きちゃったでしょ。頭はともかく、体はまだ睡眠を欲していたみたい」

「いや、面目ない。どうしても起きているのがきつかったみたいだ。歳《とし》には勝てんな」

二人とも明るい調子で言うが、やはり皆、時間とともに疲弊してきているようだ。さっき姫宮がふらついたのも、寝ていたからか。

蜂須賀自身もそうだが、この特殊な環境下というだけでなく、殺人事件まで起きたという精神的疲労は、想像以上に皆を苦しめているようだった。

ふと、蜂須賀は重大な事実に思い当たって姫宮に訊《き》いた。

「姫宮と今福さんが寝てしまったのは、何時頃だ？」

「ええと、私はたぶん三時半過ぎくらいに寝ちゃって……起きた時に時計を見たら、四時半だった。だから寝ていた時間は一時間くらいかな。今福さんが先に眠ってしまって、喋《しゃべ》る相手がいなくなったと思ったら、すぐに私も……」

「姫宮君が起きていたのは覚えている。蜂須賀が寝たのを見て、俺もつい気がゆるんだのかもしれん。すまない。俺も五時からの順番は遠慮しておくよ。眠くなったら誰か寝てくれ」

今福が自省するようにこめかみを掻《か》きながら答えた。

「その時間帯だと、水原さんと鷹取さんも寝ていましたよね？」

頭がようやく動くようになってきた。蜂須賀は水原と鷹取の顔を見て問いかける。

「うん、爆睡してた」

水原が当然だというように胸を張って答えた。

「私も熟睡していたね。鳥と戯れる夢を見たよ」

鷹取は夢での光景を思い出しているのか、満足そうに目を細めている。

「三時から五時の間は、お二人が寝る番だったので、それは当然として……俺と今福さん、姫宮の三人が寝てしまったということは、三時半から四時半までの一時間は五人全員が寝ていた時間帯になるのか」

「そうだね……」

姫宮は責任を感じているのか、消え入りそうな声で応じる。

「いや、いの一番に俺が寝落ちしてしまったからな。こんな状況じゃ、仕方ない。俺なんて姫宮と今福さんよりずっと長く眠っていたんだし」

蜂須賀は姫宮を元気づけるように、努めて冗談めいて言う。

「蜂須賀の言うとおりだ。姫宮君や俺よりも、はるかに重罪だな」

今福が蜂須賀の言葉を受けて茶化すように応じると、姫宮はようやく笑みを見せた。しかしすぐに何かに気づいたように顔をしかめる。

「何か臭わない？」

姫宮が鼻をひくつかせ始めた。

「ん……そういえば。あっちのほうから流れてきているな」

蜂須賀が風上を指し示した。先ほどとは少し風向きが変わったようだ。

「あっ。三反園《みたぞの》君のいるほう……」

水原が気づき、唇を引き結んで悲しそうな顔をした。

「まずいな。遺体の腐敗が進んでいるのか」

今福が臭いの原因に言及した。

今は六月だ。この島はすでに真夏の暑さだから、日に日に遺体の状態が悪化しているのだろう。ハエなどの虫を防ぐためと、口内の種子の飛散を避けるために寝袋に納められているが、臭いは完全にシャットアウトできないようだ。その臭気のせいか、ベースキャンプにも大小のハエが寄ってきていた。百五十メートルほど離れているのに臭いがここまで漂ってくるということは、腐敗がかなり進行しているということだろうか。

「衛生面が心配だ。後でベースキャンプを森の奥側に移動しよう。遺体は現場からあまり離さないほうがいいだろうから」

今福の提案に皆が同意する。

周囲は島の自然本来が持つ色彩を取り戻している。鳥の鳴き声はだいぶ落ち着いてきた。

移動方法について話し合っていると、土屋《つちや》が戻ってきた。

「あっ、土屋君だ」

不機嫌そうな顔をした土屋を、水原が差し招く。

「土屋。眠れたか」

今福の問いに、土屋は「今日はあまり」と口を尖《とが》らせる。

ベースキャンプの移動について今福が説明すると、土屋は「仕方ないですね」と寂しそうに眉尻を下げた。

今福が腕時計に目を落とした。

「六時前だ。相馬さんと猪熊さんは、あと一時間ほどで戻ってくるだろうか」

すると突如《とつじょ》、獣の咆哮《ほうこう》のような声が聞こえてきた。ここに来て初めて聞く声だ。皆、緊迫した表情になり身構える。

「動物……いや、人間？」

蜂須賀が野太い声を聞き取り、「……猪熊《いのくま》さん？」と判じた。

「上陸地点のほうでしょうか。見てきます」

蜂須賀は嫌な予感を抱き、声のするほうに駆けた。皆が追ってくる。

上陸地点の砂浜で猪熊が狂ったように叫んでいる。

彼の足下に、人が横たわっているのが遠目からでも見えた。それが相馬《そうま》だと気づくのに、時間は要しなかった。慌てて駆け寄ると、相馬が仰向けに倒れている。凶器はないが刃物などで刺されたのか、胸から血を流しており、半目の瞳に光はない。

死んでいるのは明らかだったが、蜂須賀は彼女の姿を見てたじろいだ。

相馬の口にはカニのハサミと脚が詰め込まれていた――。

2

皆が相馬の遺体と猪熊を遠巻きにする。

「俺じゃない！」

猪熊が手で空を切るように振り回し、怒りを露《あら》わにした。目からは涙が溢《あふ》れ出している。

「猪熊さん、事情を話してくれませんか」

今福が猪熊を落ち着かせようと、優しさを込めた口調で言った。猪熊はしゃくり上げていたが、やがて呼吸が静かになってきた。

「そ、相馬さんは寝てない俺を気遣ってくれたんですよ。四時間くらい寝ていいって。何かあったらすぐに起こすから、安心して眠ってと」

「それは何時頃です？」

「一時頃です。さすがに俺も限界に達しようとしていて……起こすって約束していたのに」

五時に起きるはずだったが、その間に相馬が死んでしまったから起こしてくれる者がいなかった。目が覚めて、相馬の変わり果てた姿を発見したのだろう。

「くそっ。何で相馬さんが死ななきゃならないんだ。しかも、こんな姿で……誰だ！　誰がこんなことをしやがったんだ。おまえらの中の誰かだろう。やっぱり、おまえか！」

猪熊が激高して、蜂須賀に詰め寄ってくる。猪熊の太い両腕が、蜂須賀の首をめがけて伸びてきた。絞めるつもりか。蜂須賀は際どく躱《かわ》し、二歩、三歩と後ずさる。格闘技を習っている猪熊の相手をまともにするつもりはなかった。

「猪熊さん、やめるんだ。俺じゃない」

「黙れ、黙れ、黙れ、黙れ！」

猪熊が体勢を整え、叫声を発しながら突進してくる。

「猪熊さん、いい加減にしてよ」

姫宮が猪熊の前に躍り出て、右の手のひらを猪熊の顔の前に広げた。猪熊は驚いたように目を見張って動きを止める。

「お、俺は……俺は……」

猪熊は双眸《そうぼう》から滂沱《ぼうだ》の涙を流し、その場に伏せて咽《むせ》び声をあげ始めてしまった。

蜂須賀は小さく丸まっている彼を見下ろす。相馬との関係性はよくわからないが、猪熊は相馬に従順だった。猪熊のこの反応を見るにつけ、厳しい面はあるが、労《ねぎら》う時はしっかりと報いてくれる上司だったのかもしれない。

誰も慰めの言葉を選べないようで、ただ猪熊が慟哭《どうこく》するのを見守ることしかできない。

突然、猪熊が起き上がった。

「おまえら、俺は絶対に許さないからな！」

猪熊は皆に人差し指を突き立てて呪うように叫ぶと、体を反転させて海のほうへ駆けだした。

「待てっ。猪熊さん」

今福が狼狽《うろた》えたように呼び止める。猪熊は構わず海に入っていく。その先には桐生丸《きりゅうまる》の白い船体が小さく見える。船まで泳いでいこうとするつもりか。無謀だ。

「連れ帰ります」

蜂須賀が走りだすと、すぐに土屋も続いた。

猪熊は下半身まで海に浸かっている。蜂須賀は懸命に足を動かし、猪熊の背を追った。こういう状況なら蜂須賀は得意だ。猪熊に追いついて肩に手をかけると、興奮して暴れ始めた。

「痛っ」

猪熊の肘が蜂須賀の顎にもろに入った。蜂須賀は衝撃で海に横倒しになる。沈みかかったが、すんでのところで足を踏ん張った。直後、猪熊の動きの隙を衝《つ》くように土屋がタックルする。横から動きを止められた猪熊は狂乱したように両腕を振った。白い飛沫《しぶき》が三人の周囲に飛び散る。蜂須賀は顎の痛みを堪えながら、背後から羽交い締めにした。

蜂須賀と土屋がしばらくそのままの体勢を崩さずにいると、やがて諦めたのか、おとなしくなった。

「猪熊さん、無理だ。この波の中、泳いで桐生丸まで行けるはずがない。死ぬぞ」

蜂須賀は猪熊の耳元で叱りつけた。

「死んでも良かった……」

「馬鹿を言わないでください。相馬さんもそんなの望んじゃいないですよ」

土屋の叱咤《しった》に、猪熊はびくりと体を動かした。相馬が倒れているほうに目を向けて項垂《うなだ》れる。

「わかりました。戻りますから離してください」

それでも信用できず、蜂須賀と土屋は猪熊を挟み込んだ姿勢のまま浜へと歩きだした。波が体を打ちつける。そのたびに三人の体が揺れた。

やっとの思いで波打ち際まで上がると、猪熊は両手を浜について伏せってしまった。今度は静かに泣いている。蜂須賀は猪熊の肩に手を置いてさすった。猪熊は顔を上げることなく、ただ泣き暮れている。蜂須賀は手を離すと、猪熊の震える背を見つめながら嘆息を漏らした。

蜂須賀は相馬の遺体に視線を戻そうとして、水原が彼女の亡骸《なきがら》に向けて目を凝らしているのに気づいた。目元がぴくぴくと震え、唇をきゅっと引き締めている。

水原はゆっくりと、相馬の遺体のそばに寄った。しゃがみ込み、口に突っ込まれているカニを目視で調べ始めた。

「このカニはオガサワラモクズガニだね。小笠原諸島《おがさわらしょとう》から硫黄列島《いおうれっとう》にかけての固有種。この個体は体長十センチくらいだけど、ハサミと脚を含めると三十センチ近くかな。ハサミや脚に生えている毛……これが大きな特徴で、モクズガニと言われる所以《ゆえん》。私が最初の日に調査したのもこのカニだよ」

　水原は研究者の顔をして淡々と述べた。

　初日に水原がカニのハサミか脚でタブレットPCに傷をつけられたと言っていた。そのカニがこのオガサワラモクズガニだ。

「水原君」

　今福が声をかけると、水原は立ち上がった。

「すみません、つい……カニをこんなふうに扱うなんて、私には信じられなくて。それに、相馬さんにこんなひどいこと……」

　水原はカニの種類を皆に教えようとして、気丈に振る舞っていたようだ。みるみる目に涙が溜《た》まってくる。姫宮が寄り添い、無言で肩を抱いた。

　蜂須賀は無残にも解体されたカニを眺めた。水原の言うように、なぜカニをこのように扱ったのか。

　続いて蜂須賀は相馬の遺体の首筋を注視した。注射を打たれたような痕は見当たらない。

「注射痕がないな」

蜂須賀の言葉を聞いて、土屋が相馬の首の辺りを見回した。

「ありませんね。服の上から刺したかもしれないですよ。注射痕がないって僕たちに思い込ませようとしないでくださいよ」

「そんなつもりはない。単に見たままを述べただけだ」

「どうだか」

「土屋君、争っている場合じゃないよ。注射の痕は警察に任せればいいでしょ」

水原が手の甲で目を擦《こす》りながら土屋を咎《とが》める。土屋はふてくされたように、「ですね」と言って顔を背けた。

蜂須賀はうなずいて水原に感謝する。

三反園の時とは異なるパターンだが、胸を刃物で刺し、動植物を口に詰めるという点は一致している。前回は宮崎県のツチビノキ、今回はこの島の固有種のオガサワラモクズガニ。何かのメッセージなのかもしれないが、意図がまるでわからない。

他に手がかりはないかと思い、蜂須賀は砂浜に目をやった。

相馬の遺体の周囲には、今の自分たちのものを含めて複数の足跡が残っているが、上陸時についたものも多い。東硫黄島のこの時期の満潮は午前二時頃が最大で、午前八時頃の干潮が最も潮位が低くなる。一部は波にさらわれてしまっているだろうが、上陸地点からベースキャンプに向かう際についた足跡も多々残っている。犯人の足跡は当然この中にあるはずだが、この状態では特定不能だ。

「足跡が多いな。これでは誰がやったのかわからない」

蜂須賀の挙措《きょそ》で気づいたのか、今福が砂浜についた足跡を見下ろして難しい顔をする。

「ええ。血の痕跡はこの場所にしかないようですから、ここで被害に遭ったのでしょうか」

「そのようだな」

蜂須賀が背後を見ると、砂浜近くの木々の下に寝袋が二つ置いてある。相馬と猪熊が使っていたものだ。

「昨日もあそこに寝袋があるのを見ましたから、寝る場所は変えなかったのでしょう。猪熊さんが就寝している間、相馬さんは海辺にいたのでしょうか。ここから桐生丸が見えます。じっと明かりを眺めていたのかもしれない」

この場から早く脱したいという、相馬の気持ちがよくわかる気がした。今福が「そうだな」と応じて続けた。

「ここに放置しておくと、遺体の傷みが進行してしまう。日陰に移動させたほうがいい」

「寝袋にも入れましょう」

「カニのハサミと脚はどうしよう」

姫宮がカニの手脚を指差しながら、蜂須賀に問いかける。

「警察の捜査を考慮すると、本当はそのままのほうが良いだろうが、この暑さだ。すぐに腐ってしまうだろう。寝袋にも収容しづらいし、取り除いてしまおうか」

「そうね。抜き取ったほうがいいかな。警察には事情を話そう」

蜂須賀はカーゴパンツのポケットに入れていた軍手をはめた。先ほど海に入った時に濡《ぬ》れてしまっていたが、構わず指を差し込む。相馬の口の周囲を傷つけないよう、慎重にカニのハサミと脚を取り出した。遺体近くの砂の上に置く。

「虫がたかるから、後でビニール袋に入れておこう」

「僕、持ってますよ。土壌生物はどこにいるかわかりませんからね。持ち歩いているんです」

土屋が腰に回しているサイドバッグからビニール袋を出す。土屋も海に入ったために袋が少し濡れていたが、この程度なら問題ないだろう。

「助かる」

蜂須賀は土屋からビニール袋を受け取り、穴が開かないよう、ゆっくりとカニのハサミと脚を入れた。その袋を姫宮に渡し、蜂須賀は遺体の移動に取りかかる。

「さあ、相馬さんを寝袋に移そう」

蜂須賀が再び相馬の頭部付近に屈《かが》み込むと、土屋も手伝うと言う。二人で相馬の遺体を持ち上げ、ゆるやかな足取りで相馬の遺体を運んでいく。今福が寝袋のファスナーを開けて待ってくれている。蜂須賀はふと三反園を運んだ時の光景を思い出した。あの時も遺体が重かったが、今もやはり同じように感じた。死の重さが手を伝ってくるようだった。

上半身は硬直が進み始めているが、下肢はそうでもない。猪熊が寝た後、未明から明け方にかけて殺害されたのだろうか。だが、はっきりとした時刻まではわからない。

蜂須賀たちの歩調に合わせて、姫宮と水原も寝袋のほうへと移動する。

鷹取はまた姿が見えなくなっていた。こんな時にまで……と思いながら相馬を運ぶ。

相馬の体を寝袋に納めると、今福がファスナーを閉めた。相馬の顔が完全に隠れたのを見て、蜂須賀は軍手を外した。

「……早く外部と連絡を取らなければいけないな」

「何とかしないとね」

姫宮が心配そうに桐生丸へ目を向けた。相変わらず同じ場所に停泊している。

——いったい、誰が相馬を殺したのか。

猪熊は本気で悲しみ、怒っているようだった。演技だとしたらたいしたものだが、その可能性は完全には捨てきれない。彼は唯一、相馬が死ぬまで一緒にいた人間だからだ。

他には単独行動していた土屋の可能性があるが、蜂須賀たちも五人ともに眠ってしまった時間帯が一時間ほど存在する。疲れがピークに達して眠りに落ちた蜂須賀、今福、姫宮。そして順番どおりに寝ていた鷹取と水原だ。

猪熊の言葉が正しければ、少なくとも一時から六時の間に、相馬は殺されたはずだ。死後硬直の状態にも合致する。

蜂須賀が起きたのは午前五時過ぎ。寝ていた時間が二時間近くだから、三時半から五時過ぎの間、蜂須賀は動けない。これはアリバイになるかもしれないと思ったが、三時半から四時半の間は他のメンバーも寝てしまっていたから、逆にアリバイは成立しない。なぜなら皆が寝ている間に、一時的に蜂須賀が起き、殺害した後にまた眠るという可能性が考えられるからだ。これは他のメンバーにも当てはまるから、結局は誰が犯人なのか絞ることはできない。

いや、待て……。

自分たちは本当に疲れのために眠ってしまったのか？

眠る前に何をした？

皆で話しながら食事をとり、コーヒーを飲んだ。

携行食は完全に封がされているし、ペットボトルの水も新品を開けて飲んでいる。いずれも、前もって開封して何かを仕込んだ痕跡はなかった。

いや、シリンジと注射針を使えば携行食に何らかの薬物を注入できるかもしれない。皆、包装を注意深くチェックしていたが、針の穴を見落としていたとしたら……。だが複数人が寝てしまったのだ。その全員が見逃してしまうなど、あり得るのだろうか。

となると、コーヒー……。

三時過ぎに姫宮が淹れてくれた。今福が紙コップを取り出したが、これも新品の束の封を開けてから使っていた。しかしあのコーヒーを飲んでから、しばらくして三人とも寝てしまったのだ。コーヒーは個包装だが、あらかじめ封を切ってあったのか、蜂須賀ははっきりと覚えていない。姫宮がドリップバッグを設置していたが、開封シーンの鮮明な記憶がない。

まさか……姫宮が何らかの方法でコーヒーに薬を盛り、自分は寝ていたと偽った……？　疑いたくはないが、実際にコーヒーを淹れた姫宮が最も怪しいのは事実だ。蜂須賀の記憶がないのではなく、姫宮が開封する場面を見せないようにしたのかもしれない。姫宮は爬虫《はちゅう》類の標本用にクロロホルムを持ってきている。淹れる時に気づかれないように使えば……。彼女は蜂須賀を気遣ってくれているが、完全に疑惑の輪から外れているわけではないのだ。

後でコーヒーや紙コップ、携行食などを調べてみようか……。

「どうしたの。考えごと？」

当の姫宮に声をかけられ、一瞬心臓が跳ねた。

「ん、ああ。誰が相馬さんにこんなことをしたんだろうと思ってな」

「私を疑ってる？」

　姫宮が皆に聞こえないよう、声を落として訊いた。蜂須賀は答えに窮し、何も言えなかった。

「やっぱり、そうなんだね。皆が眠る前に、私がコーヒーを淹れたし。標本用にクロロホルムも使うしね。私が蜂須賀さんでも、私を疑うと思うよ」

　姫宮は言い切った。自分は犯人ではないという自信に満ちた表情だったが、姫宮からこの話を振ってきた以上、応じないわけにはいかない。

「コーヒーのこと、気づいていたか」

「何か変だったものね。かなり疲れてはいたけど、あんなふうに全員寝ちゃうかなって」

「姫宮が淹れたコーヒーは新品だったか？　俺は覚えていないんだ」

「新品だよ。私が開封する前に開いていた形跡はなかった。それは間違いない」

「そうか。だとすると、別のものに睡眠薬でも盛られたのだろうか」

　姫宮は目を上に向けて考えるそぶりをする。しかしすぐに首を横に振った。

「わからない。相馬さんの提案で手荷物検査をした時は、不審な薬はなかったよね？」

　薬は上陸前に実物を見せたうえで、申告書に記載してある。睡眠薬などを服用している者はいなかった。

「なかったな。あれば誰かが気づいているはずだ」

「じゃあ、コーヒーや紙コップ、携行食とかを調べてみようよ」

「俺もそう思っていた。三反園の遺体の臭いから逃れるためにベースキャンプを移動するから、その時にそれとなく検《あらた》めてみよう。この話はいったん内密にしようか。まだはっきりとしたことはわからないから、皆を混乱させたくない」

「それがいいね」

　姫宮が目に力を込めて了解する。

「猪熊さん、ベースキャンプに戻りましょう」

　今福が、項垂れたままの猪熊に声をかけた。蜂須賀と姫宮は猪熊のほうへ向き直る。水原と土屋も心配そうに見つめている。猪熊がゆっくりと顔を上げた。

「もう少しここにいたいんですが」

「いや、戻ったほうがいい。あなたのことが心配です」

　今福に諭され、猪熊は緩慢に立ち上がった。寝袋に納められた相馬に後ろ髪を引かれるような顔をしていたが、意を決したように足を踏みだした。

3

ベースキャンプに戻った一行は皆無言で、輪になって座り込んだ。相馬が死んだことで、全員の顔に今まで以上の疲労や動揺が浮かんでいる。

「いったい誰が……誰が……誰が……」

テントの前で気落ちしている猪熊が、繰り返し呟《つぶや》いている。

蜂須賀は猪熊を一瞥《いちべつ》し、先ほど考えていたアリバイについて皆に話した。

「誰もアリバイはないのか」

今福が肩を落とし、力なく言う。

「こんな状況で疲れているのはわかりますが、五人もいて全員寝てしまうなんて、意味ないじゃないですか。やっぱりばらばらになって、一人ずつ寝れば良かったんですよ」

土屋が非難めいた目を蜂須賀に向けてくる。

「そうやって寝ても、アリバイがないのは変わらない。むしろアリバイ証明はより困難になる。長時間一人でいた土屋だって、そうだろう」

蜂須賀が反駁《はんばく》すると、土屋は「そうかもしれませんが、僕は違いますよ」と否定して、苛立《いらだ》ったように膝頭を手の指先で小刻みに打ちつける。

「いい加減に名乗り出てくださいよ。三反園だけじゃなく、相馬さんまで……。それなのに平気なんですか。絶対おかしいですよ」

土屋が一人ずつ目を合わせる。視線を逸《そ》らす者はいない。すると土屋が「あれ？」という顔をした。土屋の反応を察した今福が左右を見る。

「鷹取は？」

誰も彼の行方を知らなかった。

「あいつ……」

今福が自分の太ももを拳で叩き、憎らしげに舌を打つ。

「俺、捜してきますよ」

蜂須賀が立ち上がったが、「放っておけばいい」と今福はつれない。こんな時にも協調性のない鷹取に対して、怒っているようだ。だが、鷹取に不審を抱いている蜂須賀は、彼が本当に鳥の観察をしているのかが気になった。

「私も行くよ」

姫宮が慌てたように起き上がり、蜂須賀についてくる。

「海の近くだろうか」

「そうかも。海鳥の観察なら海岸の[illegible]うかな。上陸地点の近くで観察してるって言ってたね」

島の北側に移動すると、小高い丘[illegible]捕まえた鳥を放している鷹取の姿が見えた。相馬の遺体発見現場よりは西寄りの位置になる。猪熊の叫びを聞いて皆で駆けつけた時にはいたが、その後に鷹取は姿が見えなくなっていた。こんな所に来ていたのか。鳥の調査をしているというのは、本当のようだった。

「鷹取さん」

蜂須賀が声をかけると、鷹取が[illegible]り返った。

「やあ」

「鳥を捕獲したんですか」

「昨夜話をしたオナガミズナギ[illegible]だよ。砂地に巣を作るから比較的簡単に捕まえられるんだ」

「捕獲してどうするんですか？」

「足環をつけるんだよ。調査の[illegible]象となる鳥にね」

「調査、ですか……」

鷹取は今も鳥のことで頭がい[illegible]ぱいらしい。すると鷹取が思いついたように訊《たず》ねてきた。

「相馬さんの件は、その後ど[illegible]なったんだい？」

「寝袋に収容しました。[illegible]さんが錯乱して大変でしたよ。それよりも、今福さんが怒っていましたが」

「ああ、だろうね。でも、私にもやりたいことがあるからね」

鷹取が悪びれもしない顔をして答える。鷹取にとっては、鳥の調査が第一なのだろうか。だが、この言葉も真に受けるわけにはいかない。

「あとね、さっき桐生丸に変化があったのに気づいたんだ」

「桐生丸に？」

思わぬ単語に、蜂須賀と姫宮は顔を見合わせる。

「何かあったんですか」

「昨日まではなかったんだ。そのことを伝えに、これからベースキャンプに戻ろうとしてたんだけどね」

「何に気づいたんです？」

「自分で見てみるといい」

鷹取が双眼鏡を蜂須賀に手渡す。嫌な予感がしたが、蜂須賀は双眼鏡を覗いた。桐生丸をフレームに収めると、船体に垂れ幕が掛かっている。そこに書いてある文字を読み、「あっ」と声をあげた。

「どうしたの？」

姫宮が訝《いぶか》しむように訊いてきた。

「垂れ幕が掛かっていて、『物的被害甚大　復旧中』と書かれている」

「えっ」

「小さな垂れ幕だ。具体的な内容を書くスペースはなかったのだろう。無理に詰め込んでも文字が小さくなって、こちらから見えなくなるかもしれない」

蜂須賀は双眼鏡を鷹取に返した。姫宮が桐生丸を遠目で見つめている。

「物的被害甚大って、やっぱり何か起きてたんだね……。人に被害はなさそうで良かったけど」

「予備の救命ボートやドローンに異常が起きたのだろうか。甚大ということは、衛星電話や無線機もか？」

「やっぱり犯人は前もって船にも工作していたってこと？」

「ふざけやがって」

蜂須賀は吐き捨てるように言い、砂を踏みつけた。

「なるほど。だから調査にお願いしていた、かすみ網を使ってなかったのか」

鷹取が脈絡のない話をし始めた。蜂須賀は妙なことを口走る鷹取を見つめる。

「かすみ網って、鳥を捕獲する網でしたっけ」

姫宮が律儀にも話を合わせる。

「うん。細い木綿製の糸を張った網を空中に流して、飛んできた鳥を捕らえる罠《わな》みたいなものだね。衝突した鳥は反射的に網を足でつかむんだけど、鳥って飛び立つために足でつかんでいる物を本能的に蹴ってしまうんだ。それから羽ばたき始める。でも網は細い糸で作られ、意図的にゆるめてあるんだ。だから飛ぶための反動が得られず、網から逃れられなくなる。非常に強力な網なんだけど、希少種なんだろうが構わずに絡め取ってしまうから乱獲に繋《つな》がってしまう。法律で使用が禁止されているんだ。今回は調査のために環境省から特別な許可をもらってあったんだけどね」

鷹取が網の解説を始めてしまった。研究者には珍しくないが、得意分野になると止めどなく言葉が出てくる。蜂須賀の身にも覚えがあったが、今この場で滔々《とうとう》と話す内容ではない。

「網の仕組みはわかったよ、鷹取さん。で、かすみ網と船に何の関係が？」

蜂須賀が訊ねると、鷹取はこの問いを待っていたかのように答えた。

「調査のため、海鳥の捕獲をお願いしていたんだ。私も島で捕まえるつもりだったけどね。私が捕まえられなかった種類の鳥を、船で捕獲できるかもしれないから頼んでおいたんだけど、初日からずっとかすみ網が設置されていなかったんだ。かすみ網を使っている場合じゃなかったんだね」

「鳥の観察だけでなく、調査用の網を使ってくれるかどうかも確認していたんですか」

「そうだよ。結局、今に至るまで一度も使っていないけどね」

やはり鷹取は鳥の調査に意識が向いているらしい。網の話はもういいだろう。蜂須賀は姫宮に話しかけた。

「垂れ幕には『復旧中』とあった。直る見込みがあるんだろう」

「そうかもね。ベースキャンプに戻って、皆に伝えようよ」

姫宮が急くように、その場で足踏みをする。

「ああ、行こう。垂れ幕に気づいたのは鷹取さんです。鷹取さんも来てください」

「いや、私は」

「駄目ですよ。今みたいに、皆にちゃんと説明しないとね」

姫宮が鷹取の腕を取って引っ張る。鷹取は気乗りしない様子だったが、姫宮が「ほら、いきますよ」と強引に連れていった。

ベースキャンプに戻って、蜂須賀が垂れ幕の件を皆に話した。鷹取が発見したとも。

「そうか。よく気づいてくれたな」

今福は少し見直したような顔をしたが、すぐに暗い表情に移る。

「物的被害が甚大とは……」

「修理するのにどれだけ時間をかけてるんでしょうね。さっさと直してほしいのに」

土屋が激しく舌を鳴らした。蜂須賀は言い聞かせるように言う。

「復旧を試みているようだ。直る可能性が高いから、垂れ幕に書いたんだろう。あっちも必死なんだよ」

「船に犯人の協力者がいる可能性は？」

土屋が疑念を込めた口調で蜂須賀に訊いた。

現在、桐生丸には桐生船長、航海士や機関士、医療班、ドローン操縦士の雷田《らいだ》たち十人が乗船している。それだけの人数がいるとなると、その中に協力者がいる可能性もゼロとは言い切れない。だが桐生丸との連絡が絶たれている以上、船内の状況を把握する術《すべ》はない。

「わからないな」

「きっと、そいつがボートやドローンを破壊したんですよ。蜂須賀さん、本当に知らないんですか」

「知るわけないだろう。しつこいな」

「何ですか、その言い方」

「蜂須賀、土屋、やめろ」

今福がうんざりしたような顔をして両手で遮った。

「修理してもまた破壊されたらどうするんですか」

土屋はまだ執着している。蜂須賀は今福に目配せして土屋に言った。

「それは船長や雷田さんに任せるしかない。雷田さんはドローン操縦士だが、同時に腕のよいエンジニアだ。急ピッチで作業しているはずだ」

「三反園の事件が起きたのは一昨日ですよ。本当に直るんですか」

「任せるしかないんだよ。そうだろう？」

土屋はこれみよがしといったため息をつき、首を左右に振った。この態度も癇《かん》に障ったが、これ以上言い合いをしていても詮ないことだ。

「鷹取さん。どちらに？」

やや険のある姫宮の声がした。鷹取がまた場所を移動しようとしている。

「時間がもったいないからね。観察に戻るよ」

「そんなことをしている場合じゃ……」

姫宮がたしなめるが、今福が「好きにさせておけ」と投げ出すように言った。先ほどは鷹取を多少は見直したようだったが、諫《いさ》めることは諦めてしまっているのだろう。

鷹取はいつもと同じ調子で、再び砂浜のほうへと向かっていった。

鳥の調査に固執している鷹取。本当に調査がしたいだけなのか。それとも犯行とは無関係だと装うためのポーズか……。垂れ幕を発見したのだって、蜂須賀と姫宮が声をかけなければ胸に秘めたままだったかもしれない。今なお蜂須賀は判断しかねていた。

「何とか船と連絡を取れないかな」

心配そうな顔をしていた水原が蜂須賀に訊いた。

「今は無理でしょう。せめてドローンが復旧すれば良いんですが」

「それを願うしかないんだね」

水原が不安を飲み込むようにして胸の前で手を組んだ。

「今福さん。ベースキャンプの移動、どうしますか？」

蜂須賀はテントを眺めながら訊ねた。三反園の遺体から発せられる腐敗臭を避けるため、ベースキャンプを移動させようという話をしていた。移動作業中に携行食やコーヒー、紙コップなどを蜂須賀は調べるつもりだ。

「南の草地に移そう」

「わかりました。さっそくやりましょう」

蜂須賀が皆に語りかける。この場にいない鷹取を除くメンバーが、テントなどの移動作業に取りかかった。気落ちしていた猪熊も立ち上がり、黙々と作業に勤しみ始めた。じっとしていると、さまざまなことが頭の中を占めてしまうのだろう。

蜂須賀は今福がテントをたたんでいる間に、食料と飲料の入った大型ケースに近づいた。

視線を周囲に巡らせる。誰も気に留めていない様子だ、と思ったが姫宮と目が合った。互いにうなずき合う。姫宮はすぐに水原とテントをたたむ作業を再開した。二人でケースを覗き込んでいるのは怪しいから、一人でやれということだろう。

蜂須賀はケースの蓋を開けた。携行食、コーヒーを順に手に取る。食料にはすべて封がされており、変わった点はない。針穴も確認できなかった。コーヒーは個包装のドリップバッグで、こちらも新品ばかりだ。袋が破れているとか、そういった不自然な細工はない。続いて紙皿や紙コップなどの入っているケースを開けた。今残っているものは、少量ごとに包装された新しいものしかない。水のペットボトルが入ったケースもチェックしたが、すべてが新品だった。

無論、摂取したのは昨夜だから、食事に使った食器類やコーヒーの滓《かす》などを調べる必要がある。この場で成分の分析はできないが、警察に提出して成分分析をしてもらうべきだろう。島の環境に影響を与えてしまう可能性があるため、ごみや排泄物《はいせつぶつ》はすべて持ち帰る規則になっている。

ごみ置き場に目を向けると、これまでに出たペットボトル、携行食やレトルトの容器、紙コップやコーヒーの滓などが、いくつものビニール袋に詰められている。犯人が処分していなければ、あの中に証拠があるはずだ。全員が寝てしまったのは約一時間だから、仮に別の場所に処分したとしても、ベースキャンプからそう遠くへは捨てられないだろう。警察にはそのことも話そう。

蜂須賀はケースの蓋を閉め、それぞれ移動先へ運ぶと、テントまで戻って今福とともに作業を続けた。

二時間ほど作業し、元あった位置から八十メートルほど南の狭い草地に移動させた。この時期は南風の割合が多いから、この場所まで臭いは漂ってこないはずだ。

ベースキャンプの移動作業が終わると、皆めいめいに座り込んで水のペットボトルを開けて飲み始めた。すでに気温は三十度を超えている。雨が降れば多少は気温も下がるだろうが、青い空には雲の欠片《かけら》すらない。ただ湿度が高いので、雨が降ったら降ったで蒸し暑さとの戦いになりそうではある。

「水原さん、タブレットＰＣを探しに行きませんか」

少し落ち着いてきたところで、土屋が水原を誘った。昨日、外来種がいないか調査した時に、水原はタブレットＰＣをどこかに置き忘れてしまっていた。

「あ、うん。今福さん、行ってきていいですか」

「そうだな……」

今福が考えるそぶりをする。この場を離れることを懸念しているようだ。

「僕を疑っているんですか。凶器になるようなものは持っていないですよ」

「そうじゃない。まあ……犯人だとしても、むやみやたらに人を殺しはしないだろう。そんな真似をしたら不利になるだけだからな。だが、充分に注意して行ってきてくれ。不審を感じたらすぐにトランシーバーで連絡を」

「わかりました。土屋君、行こ」

水原が立ち上がり、土屋とともに島の東側へと歩いていった。二人を見送ると、姫宮が蜂須賀のほうを振り返る。

「ねえ、蜂須賀さん。念のために外来種が持ち込まれていないか、もう少し調べない？」

「ん。どの辺りを？」

「西の岩場の周辺とか」

姫宮が意味深な視線を送ってくる。外来種というのは建前で、昨夜話していた無線機と凶器を探したいのか。沼地に行きたいと言わず、西側の岩場を挙げた。今福と猪熊には今の時点では隠しておきたいのだろう。

「わかった。今福さん、ちょっと行ってきます。俺も凶器になるような道具は持っていないですよ」

「それなら俺も行きたいところだが……任せるよ。おまえたちも気をつけるんだぞ」

今福が猪熊のほうを眺める。彼を一人にするのが心配のようだ。姫宮は土屋たちがタブレットPCを探しに行くタイミングを見計らっていたか。おそらく今福なら猪熊を一人にしたくないから、そう言うと踏んだのだろう。

「何かあったら、すぐに連絡します」

蜂須賀と姫宮は、今福と猪熊を残してベースキャンプを離れ、いったん西へ歩を進めた後に沼地へと足を向けた。

4

「俺が寝ている間に、無線機と凶器を探すことを今福さんに話さなかったのか」

沼地への道中、蜂須賀は姫宮に訊ねた。

「今福さんも疑惑から外すわけにはいかないからね。知っている人は少ないほうが良いかと思って。水原さんと鷹取さんには後で結果を伝えよう」

「今福さん、かなり参ってるぞ。あの様子じゃ虫も殺せないだろうな」

「虫は殺せないけど人間は殺せるって人はいるかもよ」

「そんな馬鹿な」

「この世にはいろんな人がいるからさ。私たちが寝ていた一時間と、相馬さんが殺された時間帯がかぶっているのが、どうしても気になるんだよね」

「死後硬直の状態を見るに、時間的には該当しそうだが……。あの時は俺が最初に寝てしまい、次に今福さんで、最後が姫宮だな」

「私だけが起きていた時間帯があるんだけど、私が寝たのは今福さんが寝てしまった十分後くらい。で、私が起きて十分くらいしたら今福さんが起きた」

「ってことは、姫宮が動ける時間は今福さんが寝た後の十分、起きる前の十分か」

「仮に私が犯人だとしても、たった十分の間にあんなに離れたところにいる人を殺して戻ってくるのは物理的に無理でしょ？　私が寝てしまったという話を信じてもらう必要はあるけどね」

　姫宮は自分が疑われたとしても、この短時間で事を成すことは不可能に近いとわかっているからか、自信ありげに話していく。

「じゃあ、今福さんを疑わなくてもいいだろう。今福さんも寝ていたと言っていたし」

「そうはいかないよ。だって、私が眠っている間に、今福さんが起きなかったという証拠はどこにもないから」

　これは自分にも当てはめて考えたことだ。皆が寝ている間に、蜂須賀だけ起きて行動できる。だからアリバイはないと、先ほど今福たちにも話したのだった。

「そうだな。となると俺もそうだし、寝る順番だった鷹取さんと水原さんも怪しくなる。俺たち三人が寝るのを待って、テントから抜け出して凶行に及んだとも考えられるからだ。鷹取さんはずっと怪しい節がある。水原さんは……相馬さんの死にショックを受けていたようだったが、彼女の発言や態度に対して土屋とともに憤っていた。言う時は言う人だが、あそこまで感情を露わにするのは珍しい。それに相馬さんから厳しい言葉を浴びせられていた。あの夜、二人ずつ寝ようと提案したのも水原さんだ。起きている人数を減らしたい意図があったとしたら？」

「水原さんは違うんじゃないかな」

　仲の良い姫宮にとっては、水原を犯人と疑うのに抵抗があるのだろう。だが、それだけの理由で疑惑の外には置けない。今の考えを伝えると、姫宮は不承不承そうにうなずいた。

「姫宮の気持ちはわかるが、誰もアリバイの証明ができないんだよ」

「そうなると、別行動の土屋君もやっぱり疑惑から逃れられないね。相馬さんと激しく口論していたし。でも土屋君だとすると、三反園君と相馬さんを殺したのは、それぞれ別の人って可能性も出てくるけど。土屋君が三反園君を殺すとは思えないから」

「その場合は残ったメンバーの中に殺人犯が二人いるってことか？」

「一人かもでしょ」

「どうして……あっ、相馬さんか」

相馬が三反園を殺したのだとしたら、残っている犯人は一人だ。相馬はすでに亡くなっている。

「相馬さんが三反園君を殺したという考えは、消すべきじゃないと思うよ」

「三反園を殺した相馬さんを、誰か別の人間が殺したという可能性もあるのか。その場合、三反園の口の中に詰め込んだツチビノキを、彼女がどうやって手に入れたのかが問題になるが」

「最初に議論したでしょ。ネットでも入手できるし、彼女たちは仕事で宮崎県に行っていたし」

姫宮は当初、相馬犯人説を唱えていた。

三反園が殺された時には、土屋と相馬が蜂須賀を疑い、監視されているような気分になった。彼らの視線から逃れようと東の海岸へ移動した際に、姫宮がついてきてくれた。その時に互いの考えを披露し合った。姫宮の推測は、三反園がリゾート計画に反対しているのを知った相馬が、彼を亡き者にしようとして凶行を犯したというものだ。その推理を今も候補に入れているらしい。

「リゾート計画を推進していた相馬さんが、事件を起こすとは思えないんだよな」

「相馬さんは言ってたでしょ。上の人たちが強引に進めていて、自分は乗り気じゃないようなことを。リゾート計画が相馬さんの本意ではないとしたら？」

「潰したくなる、と」

「理由はわからないけどね。で、たとえば相馬さんが三反園君を殺したと見抜いた土屋君が、仇《あだ》討《う》ちとばかりに相馬さんを殺したとも考えられる」

「相馬さんが怪しいという推測を土屋に話したのか？」

「話してないよ」

「そうか。だが確かに、自由になる時間が一番あるのは土屋だな。おっと」

横倒しになっている木につまずきそうになる。植物の葉が折り重なるように繁《しげ》っているため、足下が見づらい。分厚い苔《こけ》に覆われている木を二人で跨《また》ぎながら会話を続ける。

「だとすると土屋の怒りを自分のことのように感じた水原さんも、可能性はあると思うけどな」

「そうねえ……」

やはり水原に対しては、姫宮も歯切れが悪くなる。その考えを振り払うように姫宮が言う。

「あとは猪熊さんだね。でもあの様子を見ると、相馬さんの件は無関係かな」

「だろうな。相馬さんと最後まで一緒にいたのは猪熊さんだから疑う余地はあったんだが、あの落ち込みぶりはな……。この二日間、ずっと起きていたし、寝入っていたというのも事実だろう。相馬さんの指示で三反園を殺したというのも姫宮は言っていたが」

「その線はまだあると思うけど……」

「いくら上司の指示でも人を殺すような愚行はしないと俺は考えているが……わからないな。そうだ、ケースの中のコーヒーや紙コップ、携行食などに不審な点はなかったぞ」

「異状はなかったんだ」

「すべて新しいもので、細工などをした形跡はなかった。それと昨夜は今福さんが紙コップを配っていたが、ケースから取り出してビニールの包装を開封するところを見た。新品だった。ただ、ごみは警察に提出したほうがいいだろう。昨夜使っていたものを、今ここで分析はできない。犯人がどこかに廃棄しているかもしれないから、警察にはベースキャンプ周辺の捜索もしてもらう必要がありそうだが」

「コーヒーじゃなかったとしたら、単純に疲労が蓄積していただけかもしれないけど」

「疲れの問題は深刻だな。皆、かなりつらいはずだ」

「その隙を衝《つ》いて犯人は殺人に至った。犯人だって疲れているはずなのに……。やっぱり、なかなか絞れないね」

「沼地で何か見つかるといいんだが」

大きな木が眼前に現れた。それを避け、繁る葉の中に分け入りながら進んでいく。

「ほら、沼地が見えてきたよ。何か目印がないか探そう」

島の中央部に位置する沼地は、今福の測定によると直径二十メートル、水深は最も深くて二メートルほど。緑色に濁っているために透過度は低い。水面から十センチほどで小さな藻のようなものに遮られ、その先はまったく見えない。周囲は原生林に囲まれており、水際との境目が曖昧だ。慎重に進みながら沼地に近づく。

無線機と凶器をビニール袋に詰め、沼地に沈めて隠しているというのが、姫宮の推測だ。

「不自然な枝のようなものは刺さっていないか？」

「どうだろう」

沼地ぎりぎりまで寄って、水上を見渡す。元から生息している細い植物が生えていて、それと枝との区別がつきづらい。

「隠すんだったら水辺に近いところだよね。離れた位置に放り投げたら、引きあげるのが大変になるし」

「紐《ひも》のついた枝状のものがあれば、わかりやすいんだが」

「一周してみようよ」

姫宮が先頭に立つ。濃緑色の草の間を縫って進んでいった。沼地の水面にはオガサワラアメンボが何匹かいて、近づくと小刻みにワープするような動きをして遠ざかっていく。

姫宮が沼地に滑り落ちてしまわないか、後ろから見守りながらついていった。両生類の生息地に多く足を運んでいるからか、慣れたものだ。むしろ蜂須賀が置いていかれそうになる。

「待て。ちゃんと見てるか？」

「見てるよ。蜂須賀さんが遅いんじゃない？」

姫宮が立ち止まって、腰に手を置いた姿勢で蜂須賀を待つ。

「今のところ、不自然なものはないよな」

「私も見つけてない。あと半分くらいかな」

姫宮が足を踏みだす。三十分ほど、蜂須賀たちは休まず探索を続けたが、何も発見することはできなかった。


「結局、何もなかったね」

沼地から少し離れた場所に腰を下ろした。この辺りは昨日、フェリエベニボシカミキリを見つけた場所だ。

「どこに隠したんだろうな」

「隠してなくて、棄《す》てたかもだけど」

「棄てるなら海か……または沼地か。隠した場合だと、西側の岩場地帯は見てもいいかもしれないな。岩陰があるから、原生林の中よりは可能性を感じる」

「そうねえ」

姫宮が左右を気にしながら答えた。

「どうした？」

「フェリエベニボシカミキリがいないかなって。何か気になっちゃうよね」

「見たところ、いないようだが。あの後、皆で捜索したし大丈夫だろう」

「うん。それじゃあ、西の岩場に行ってみる？　今福さんには実際に岩場のほうに行くって言ったし、ちょうどいいかも」

「岩場のほうから帰れば、いらぬ疑いを受けずに済むな」

二人は立ち上がり、ベースキャンプを迂回《うかい》する形で西にある岩場へと向かった。こちら側に砂浜と呼べる場所はなく、あっても岩と岩の間の狭いスペースに砂地があるだけだ。打ちつける波の音が、ことさら大きく聞こえる。

岩場に近寄ると、影がさっと動いた。フナムシだ。五十匹ほどで群れを成しており、潮が引くように遠ざかっていく。

蜂須賀と姫宮は手分けをして凶器と無線機を捜索した。

何も見つけられず、時間だけが過ぎていく。蜂須賀が岩場に腰掛けて小休止しようとした時のこと――。

自分が座っている岩と岩の間にできたくぼみの、わずかな砂地に模様がついているのに気づいた。何だろうと思って体を寄せる。

「これは……。姫宮、来てくれ」

「見つけたの？」

姫宮が岩の上を跳ねるようにしてやってきた。蜂須賀は模様を指差した。

「これ、靴の跡に見えないか」

「靴？　ほんとだね。跡はこのひとつだけ？」

「そのようだ。右足かな。海ではなく岩場のほうへ向かっている。先のほうだけしか残っていないが」

靴跡は全体ではなく、重心がかかって強く踏み込まれたであろう、土踏まずより前に当たる部分だ。爪先あたりははっきりとわかる。

「蜂須賀さんが下りたんじゃないよね？」

「下りてはいない。上から見て気づいたんだ。他の靴跡は満潮とともに消えたのかもしれない。潮の満ち引きの高さは一定ではないから、残った靴跡の部分だけ水にさらわれずに残ったんじゃないか」

波打ち際はすぐ近くまで迫っているが、この位置まで上がってきていない。

「……ここから上陸した者がいる？」

「犯人……？　ううん、待って。水原さんや土屋君もこの辺りに来ていたかも」

海洋生物専門の水原、土壌生物専門の土屋なら、この場で調査をしていた可能性はある。

「それはありそうだな。初日に岩場の手前付近で土屋に声をかけたんだ。今福さんは沼地を中心に調査をしていたし、相馬さんと猪熊さんは来ていたとしても、岩場から海のほうに下りて調査するような危険な行為はしないだろう。この場所に植物はないから、三反園でもない」

「となると、犯人ないし水原さんか土屋君の足跡かな？　女性にしてはサイズが少し大きいような気もするから、水原さんじゃないかもだけど」

「足跡の一部だから、証拠……になるかわからないが、撮影しておこう」

　蜂須賀はサイドバッグからデジタルカメラを取り出し、サイズがわかるように靴跡の隣に小型ケースを並べて何枚か撮った。

「今履いている皆の靴と照合してみる？」

「この靴跡が犯人だとしたら当然履き替えているだろう。それに、照合して一致しなかったとして、靴跡の存在を知った犯人が後で靴跡を消して証拠隠滅を図るかもしれない。これは警察が来た時、彼らに任せるのがいいだろう。いったん伏せておこう」

「了解。あと、上陸した調査団以外の人間の可能性は……？」

「桐生丸の乗組員か。桐生丸もトラブルに見舞われているし、それはないだろう。それに船からいなくなったとわかれば即座に疑われる。乗組員以外の人間が桐生丸に密《ひそ》かに乗り込んでいる可能性もあると思ったんだが、そこまで大きな船ではないし、長期間に渡って潜伏し続けるのは困難だろう」

「そうね……今回の調査より前に犯人が上陸したっていうのは？　事前に凶器や種子を持ち込めば、上陸前の所持品検査を回避できる」

「ツチビノキの種子やフェリエベニボシカミキリもその時に、か。荷物検査を回避するには有効だが、ここをどこだと思っている。日本の果てだぞ。そう簡単に来られるものじゃない」

「でも、この靴跡がいつできたのか、わからないよね？　新しくも見えるし、踵《かかと》のほうは時間の経過とともに薄れていったようにも見えるし。爪先は重心がかかるから、そのぶん深く跡が残っているのかも」

「それはそうだが……」

　蜂須賀は靴跡を凝視する。その縞《しま》模様のように、事態はまっすぐの線を描かない。

「少なくとも、何らかの証拠にはなるかも。今は何もわからないけど」

「そろそろ戻るか。今福さんたちが心配しているだろうしな」

　二人は岩場から離れて、ベースキャンプへと向かった。

　東に歩を進めていると、姫宮が「蜂須賀さん」と呼び止めた。

「どうした？」

「このまま進むと、三反園君の遺体が……」

「ああ、そうか」

三反園の遺体は寝袋に入れたうえで、ベースキャンプと岩場の間に位置する草地に寝かせてある。

「心身ともに疲れている時にあの腐敗臭はこたえそうだな。三反園には悪いが、少し回り道をしていくか」

「そうね。ベースキャンプは南側に移動したから、南のほうから回り込んでいこうか」

姫宮は寂しげな眼差しを浮かべ、静かに目を閉じた。

二人で三反園のいる方角に向けて黙祷《もくとう》を捧げ、南寄りに歩いていった。

ベースキャンプに着くと、タブレットＰＣを探しに行った水原が先に戻ってきていた。土屋の姿は見当たらない。水原はテントの前に座っており、すぐ脇にタブレットＰＣが置いてある。発見できたようだ。

水原が蜂須賀と姫宮に気づき、笑顔になって手招きした。

「水原さん、見つかったんだ。良かったね」

姫宮が嬉《うれ》しそうに水原に駆け寄る。凶器などがなかった件は伝えてくれるだろう。

「歌織《かおり》ちゃん、ありがとう。案外、近くにあったの。すぐに見つけられたよ。でも落としたみたいで、表面にちょっと傷がついちゃった」

水原は笑ってみせるが、どこか痛々しい。疲れがピークに達してきているようだ。

「外来種は他にいたのか？」

今福が髭《ひげ》を弄《いじ》りながら蜂須賀に訊ねた。目の下に隈《くま》を作っている今福の顔にも疲労が張りついている。

「いませんでした」

「それなら良かった」

「土屋の姿がありませんが」

「三反園の様子を見にいった。すぐに戻るそうだ。蜂須賀たちと入れ違いになったようだな」

「そうでしたか……」

三反園の遺体を避けてきたこともあり、蜂須賀の胸に小針を刺したような痛みが走る。

「鷹取はあれから一度もここには戻ってきていないがな」

蜂須賀の思いをよそに、今福が半ば諦めたように唇を曲げた。

「……猪熊さんは？」

「テントの中だ。相当参っているようだったから寝かせた。眠れているかはわからんが」

今福がテントに心配そうな目を向ける。

蜂須賀は「そうですか」とだけ返し、その場に座り込んだ。

両肩に疲れがのしかかってくる。やはり肉体的、精神的なストレスが体を蝕《むしば》んでいるのだろう。

メンバーたちの限界は近かった——。

第五章

I

蜂須賀《はちすか》はダイバーズウォッチに目を落とした。表示盤の日付は六月十九日。上陸から四日目にあたる。三反園《みたぞの》の事件が起きてから三日目を迎えているが、事態は悪くなるばかりだ。

三反園が死に、相馬《そうま》が死んだ。上陸した九人中、二人が欠けた。

残り七人の中に、間違いなく殺人犯がいる——。これまでの二件の殺人は夜間に行われた。これから来る夜に向かって皆の緊張感が張り詰めてきていると蜂須賀は感じとっていた。

昼食は用意してあったが、誰も手をつけていない。蜂須賀も食べていない。

午後三時を過ぎた頃。

灰色の雲が急激に増えてきて、景色が影に塗られていく。

「スコールになりそうだな」

今福《いまふく》が空を見上げながら手庇《てびさし》を作った。蜂須賀も天を仰ぐ。雨雲が発達してきているのが見えた。

「これは降りますね」

「各自テントに避難を」

今福が皆に向かって叫び、テントのほうに手を差し向ける。

鷹取《たかとり》は戻ってきていなかったので、蜂須賀は一人でテントに入った。

すぐに、ぽつ――と屋根から音が聞こえたかと思うと、途端に滝のような激しい雨に襲われた。屋根を叩《たた》きつける豪雨は一時間ほど続いた。典型的なスコールだ。

雨が上がると、今度は湿気が襲いかかった。風がなく、島全体が蒸し風呂になったような暑さに包まれる。テントから出てきたメンバーたちは、調査用に使うクリアファイルで煽《あお》いだり、切れ目なく溢《あふ》れ出てくる汗をタオルで拭いたりしていた。

「……きついですね」

蜂須賀は雨に濡《ぬ》らしたタオルを額に当てながら、暑さで頬を歪《ゆが》めている今福に話しかけた。

「ああ」

今福は目だけをこちらに向けて応じ、会話すら億劫《おっくう》というようにタオルを顔に押し当てた。

猪熊《いのくま》はぐったりした様子でTシャツの胸元をつまんで前後に動かし、上半身に風を送り込んでいる。土屋《つちや》は脱水症状を防ぐためか、頻繁《ひんぱん》に水を飲んでいた。

姫宮《ひめみや》と水原《みずはら》はクリアファイルを片手に、つらそうな表情をしている。

蜂須賀もペットボトルのキャップを開けて口をつける。口にふくんだ水がそのまま汗となって噴き出してくるようだ。少しでも早く島を脱出しなければ、と思って、蜂須賀は心の内で苦笑した。あんなに待ち望んでいた東硫黄島《ひがしいおうとう》から脱出しなければならない事態に陥るとは、上陸前には考えもしなかった。

　蜂須賀は空を見上げる。あれだけの雨をもたらした雲は、その欠片《かけら》すら消え失せていた。

　午後六時を回った。太陽は西の海へ吸い込まれていき、不快な気候は幾分か和らいできた。

　今福が立ち上がり、食料ケースを開ける。

「夕食の時間だ。レトルトのカレーと白飯が結構残っている。カップ入りのスープもあるぞ。いずれも封がしっかりとされているのを確認してから、希望者のみで良いから食べてくれ」

　今福の提案を受け、土屋と猪熊以外の五人は、夕食を食べることにした。鷹取は三、四分前に戻ってきた。豪雨の際はどうしていたのかと聞くと、ちゃっかり折りたたみ傘を持っていたという。鷹取は「おなかがすいたよ」と呑気《のんき》に腹をさすり、レトルトカレーを選んだ。他のメンバーと比べると、この暑さにもさほど疲弊していないようだ。

　蜂須賀はカレーを手に取った時、ケースの中の食料の量を確認した。三反園と相馬が死んでしまったから、皮肉にも食料と水は余っている。食欲のない者もいるため、あと三日は充分に過ごせそうだ。異状もないように思える。

　姫宮と水原は二人ともスープを選んでいた。姫宮もケースの中をそれとなくチェックしていたようで、特に問題なさそうだという視線を送ってきた。

「僕はもう少し休みます」

土屋が緩慢な足取りでテントに姿を消した。

「自分は食欲がなくて」

猪熊もテントで過ごすと言って、中に入っていった。猪熊は気力も衰えているようで、見るからに窶《やつ》れている。

食事の用意をして皆で適当に座って食べた。

カレーをプラスチック製のスプーンですくいながら、蜂須賀は考える。

今夜は自分が起きる番をしている時に、眠ってしまうわけにはいかない。疲れはピークに達しようとしているが、それは皆も同じだ。もちろん昨夜ここに残った五人の中に犯人がいるとは限らない。土屋にも猪熊にも、その可能性はある。

犯人の目処すら立たない。

鷹取は鳥の観察ばかりしているが、単独行動が多すぎて怪しい。土屋と猪熊は別行動をとっているから、犯行の機会があるように思える。姫宮は猪熊が三反園を殺した線はまだあると言っていた。今福は団長としての責任を感じているようだし、水原の犯行に対して姫宮は否定したい気持ちがあるようだった。しかし善良そうな人でも、裏の顔は……という場合もある。

姫宮はどうか。蜂須賀と行動をともにする場面が多々あり、推理に積極的な姿勢を見せている。それも表面上、取り繕っているだけかもしれない。そういえば姫宮は、相馬が三反園を殺害した可能性に言及していた。三反園が死んでからナーバスになっていた相馬。殺人を犯したために、平常とは異なるテンションになっていたのだろうか。

結局、誰もかもが怪しく感じられてくる。

とにかく桐生丸《きりゅうまる》の機器などの復旧を待ち、早く本土と連絡をして警察に来てもらうことが先決だ。そうすればきっと事件は解決する。

「やはり僕は一人で寝ます」

土屋がザックを手にしてテントから出てきた。

「土屋、待ってくれ」

今福の呼びかけを無視して、土屋は立ち去ろうとする。

「今夜は私も行くよ」

まだ食べていた水原が、慌ただしくスプーンを置いて立ち上がろうとする。

「だから、来なくていいですって」

土屋は逃げるようにして東の方角に駆けだすと、暗闇に溶け込んでいった。水原が土屋の消えたほうを見つめながら悲しそうな顔をする。

「自分も、一人で休みます」

土屋と今福のやり取りを聞いていたのか、テントから這《は》い出てきた猪熊までもがそう言い始めた。

「猪熊さんはここに留《とど》まってください」

今福が猪熊の前に立って制する。

「荷物、あっちにありますし。相馬さんの様子も心配です。それにこの状況では誰一人、信用なんてできませんから」

猪熊は今福を強引に押しのけて行ってしまった。今福が大きなため息をつく。

「今福さん」

蜂須賀が声をかけると、今福は自嘲気味な笑みを浮かべた。

「どうしようもないな。団長失格だ」

「そんなことないですって。俺たちは今福さんに助けられているんですから。精神的な支柱ですよ」

「そう言ってくれるだけで、多少は報われるな」

「今日も俺たちは順番に休みましょう」

蜂須賀がいたわりを込めて言うと、今福は多少生気を取り戻したような顔をして「そうしよう」と応じた。今福はこれ以上皆がバラバラになる状態を怖れて弱気になっていたようだ。

「昨夜は寝ちゃったから、今日はちゃんと起きていないとね」

姫宮が蜂須賀に向かって親指を立てるが、すぐに「私もね」と付け加えた。

「一人ずつ寝るのが良いか、二人ずつが良いか、どう思う？」

今福が皆に訊《き》いた。昨夜、起きていなければならない三人ともが寝てしまったから、あらためて確認したようだ。

皆、迷っているようだった。一人ずつになれば起きているのは四人だが、そのぶん睡眠時間は減ってしまう。疲労はすでにピークに達しているが命の危険を鑑みると、そんなことは言っていられない。いられないが、極度の疲れが睡眠への欲求を誘う。

「一人ずつ、が良いかと」

蜂須賀が最初に答えた。その瞬間、探るように互いに視線を交わしていた皆の顔が、わずかに暗くなるのを感じとった。やはり皆、ある程度しっかり寝たいのだろう。

「起きているべき人数は多いほうが、昨夜のような状況を防げる可能性は高いと思うので」

「私も一人ずつでいいよ」

姫宮が賛同してくれた。水原が「じゃあ、私も」と追随する。鷹取は「皆にお任せ」と自分の判断を放棄した。これをもって今福が「決まりだな」と締める。一人ずつ一時間の睡眠をとって、二周することに決まった。

あらためて順番を決めた。あみだくじで「１」を引いた鷹取が最初となった。一番を引いたのが嬉しかったのか、鷹取はにやつきながらテントに入っていく。今夜の順番は鷹取、今福、水原、蜂須賀、姫宮で、それぞれ二回眠ることにした。

「おいしいコーヒーが飲みたいな」

水原が姫宮の顔を物欲しそうに見つめた。相馬が死んだ時間帯、水原はコーヒーを飲むことなく順番どおりに寝ていた。だからコーヒーが怪しいと気づいていないようだ。

姫宮が「どうする？」という目をして、蜂須賀を窺《うかが》ってくる。危険な気はしたが、逆に不審な点がないか見極めるチャンスにも思えた。

「いいね。俺も飲みたい」

姫宮は蜂須賀の意を汲《く》み取ったのか、「うん、じゃあ淹《い》れよう」と腰を上げる。ケースを開けて個包装のドリップコーヒーを人数分取り出した。

その間に蜂須賀が飲料のケースからペットボトルの水を手に取った。ペットボトルのキャップは完全に閉まっていて、誰かが一度開けたような感触はない。水は問題ないようだ。やかんに水を注いで、コンロにのせて火をつけた。

今福が「手伝おう」と言って紙コップをケースから取り出し開封して、閉じたケースの蓋の上に並べた。

並べられたコップの飲み口に、姫宮が個包装から取り出したドリップバッグを引っかけていく。ドリップバッグを手に取る時、姫宮は注意深く点検しているようだったが、コーヒーにもおかしな点はないようだ。

「今日は濃いコーヒーを淹れるからね」

湯が沸いたのを待って姫宮がやかんを手に取ると、丹念な手つきでドリップバッグにお湯を落としていく。誰にも薬を仕込むような隙などなかった。この一連の動作を見るにつけ、コーヒーの問題ではなさそうに思えてくる。

蜂須賀はコップを受け取り、黒い液体に目を落とした。妙な濁りはない。そっと鼻を近づけたが、コーヒーの香ばしい匂いだけが感じられた。ゆっくりと口をつける。苦味が強いが、悪くはない。薬が入っているかどうかはわからない。注視していたのだから入れられたとは思えないが、念のため数口だけ飲んで傍らに置いた。

「あら、苦かった？」

「まあな。ちびちび飲むよ」

「ごゆっくり」

姫宮は蜂須賀の考えを察したようで、さりげなく指で丸を作ると水原の隣に座り、互いにコップを傾け合う。

蜂須賀の寝る順番は四番目だ。これから三時間は起きていなければいけない。気が張っているのか、今夜はまったく眠くならなかったが、コーヒーは時間をかけて全部飲んだ。眠気は襲ってこない。やはり問題ないようだ。それでもテントに入ると一瞬で眠りに落ちた。一時間はあっという間で、体感時間としては五分ほどしか経《た》っていない感じがした。

「……もう？　まだ五分だろ」

だから姫宮に起こされた時、本気でそう言い返した。

「残念。一時間経ちました。じゃあ、次は私の番だから、しっかり起きて見張っていてね」

姫宮は蜂須賀がテントから出てくるまで待っている。のそのそとした動きで蜂須賀が皆のところに加わると、姫宮は自分のテントへと入っていった。

そんなふうに二周して、この日は何事もなく朝を迎えた。

2

上陸五日目——六月二十日。本来なら調査を終えて島を引きあげる予定だった日だ。

午前七時。最後に姫宮が起床した。

「今日は誰も寝なかったですよね？」

起きてくるなり、姫宮が皆の顔を見渡しながら問う。

「寝なかった。無事に過ごせたよ」

今福がほっとした表情を浮かべる。姫宮は「良かった」と笑顔を見せた。

携行食を皆でかじって朝食にし、土屋と猪熊の戻りを待つ。

九時を回っても二人は帰ってこない。相馬が殺された時には猪熊の叫び声が聞こえたから気づいたようなものだ。今、彼らの身に何か起きても、一人で行動している以上誰も気づく術《すべ》がない。

時間が過ぎるにつれ、まさか、という雰囲気が生じてきた。今福がトランシーバーで呼びかけたが、二人とも応じない。

「心配ですね。見にいってきます」

蜂須賀はトランシーバーを片手に持って立ち上がった。

「蜂須賀さんに土屋君の相手をさせるのは不安だから、私も行くよ」

姫宮が水原に手を振り、蜂須賀とともにベースキャンプをあとにする。水原もついてくるかと思ったが、よほど疲れているのか、姫宮に弱い笑みを向けるだけだった。

「ところで姫宮、やけに俺についてきてないか？」

「ずっとベースキャンプにいると、息が詰まっちゃって」

「まあ、わかる気はするよ。土屋はこっちのほうに行ったよな」

昨夜、土屋が消えていった東のほうへ向かう。

沼地を右手に見ながら東側の海岸に出たが、ここまで土屋の姿はなかった。北のほうは相馬が殺された現場があり、遺体も置いてあるから行かないと読んで、沼地を回り込む形で南に進路をとった。

「いないねえ」

「どこに行ったんだ、あいつ」

蜂須賀が毒づくと、通り過ぎようとした大きなエダウチムニンヘゴの下で人が横になっているのに気づいた。

土屋だ――。

エダウチムニンヘゴは樹木状になる木生シダの一種で、太い幹の先にシダ様の葉が大きく広がっているのが特徴だ。南硫黄島の固有種とされているが、この東硫黄島にも自生しているようだ。

「土屋、大丈夫か？」

蜂須賀が駆け寄って声をかける。

「蜂須賀さん、今僕に文句を言っていたでしょう。聞こえましたよ」

土屋は体を起こし、座ったまま睨《にら》みつけてくる。

「すまん。捜してたんだよ。東側から回ってきたんだ」

「わざわざ僕を捜しに？　来なくていいのに」

「何だと」

「まあまあ。土屋君、昨夜は特に問題なかった？」

姫宮が蜂須賀を目で制し、咄嗟《とっさ》に割って入る。

「問題ないから、こうして横になってくつろいでいたんですが」

姫宮は苦く笑い、やれやれといったふうに唇を曲げた。

「食事はとったの？」

土屋はすぐ近くに置いてある、携行食の包み紙をちらっと見た。食べてはいるらしい。

「猪熊さんはやっぱり北の砂浜のほうかな」

「そうなんじゃないですか？　そもそも僕が知るわけがないじゃないですか。あんなやつの居場所なんて」

土屋が語気を強めて吐き捨てるように言った。土屋はもうサウスリゾート社に対する悪感情を隠す気はさらさらないらしい。

このような環境下で、専門家ではない人間を一人にし続けるのは危険だ。

「そうか。姫宮、猪熊さんを捜しにいくか」

蜂須賀は体を翻そうとして、土屋の足下に小瓶やビニール袋が置いてあるのに気づいた。土と一緒に何かを採取したようだ。

「その小瓶とビニール袋は？」

「ああ……土壌生物を少し」

遠目から眺めると、瓶の中にある土の上でミミズが蠢《うごめ》いているのが見えた。ビニール袋のほうには土だけが入っている。

「ミミズか」

「フトミミズの一種ですよ」

「それって、この東硫黄島のような海洋島には生息していないとされている種じゃないのか」

「え、じゃあ、それも持ち込まれたとか？」

姫宮が声をあげると、土屋は「知らないのか」というような目をした。

「二〇一七年に実施された南硫黄島の全島調査の際にも、フトミミズが発見されているんですよ。地理的に近いこの島にいたとしても、まったく不思議じゃありません。まあ、どうやってこの地にたどり着いたかはわかりませんが」

「そうなのか」

「こっちのビニール袋は土に含まれている嫌気性細菌を採取しました。こうした地ですから、珍しい細菌がいるかもと思って。倍率が千倍までズームできる、小型のデジタル顕微鏡を持ってきて良かったです」

土屋は天体望遠鏡のような形をした、小さな顕微鏡を手に取って見せた。台座に一本足で立つタイプだ。

「その顕微鏡、ちょっとかわいいね。嫌気性細菌ってことは、ビニール袋の中の空気も抜いてあるの？」

姫宮が興味ありげに問いを投げかける。土屋は今度は「当然だ」といったふうにビニール袋を手にして持ち上げる。

「もちろんですよ。ほら、このようにビニール袋の口はシーラーでしっかり留めています。シーラーは袋の開口部を密封する器具ですね」

ビニール袋のそばにステープラのような小型の道具が置いてある。

嫌気性細菌は、生存するために酸素が障害となる細菌だ。土壌の深部や人体の内部といった酸素のない場所に生息しているため、酸素が入らないよう、シーラーを使ったようだ。土屋がいる場所から少し離れたところに穴を掘った跡があるが、あそこから土を採取したのか。

「こんな状況ですけど、自分もつい調査に頭が向いてしまう。鷹取さんを悪く言えないですね」

土屋はうっすらと笑みを浮かべたが、すぐに厳しい顔つきへと転じた。

「ミミズを口に詰め込まれて死ぬのは御免ですけど」

土屋が挑発するような口調で噛《か》みついてくる。

蜂須賀は頰を掻《か》きながら苦笑だけを返した。

「ねえ、猪熊さんを捜しにいこうよ」

「よし、行くか。土屋、ベースキャンプに戻ってくれ。それまで気をつけろよ」

蜂須賀の懇請に土屋は背を向けた。蜂須賀は鼻から吐息をつき、姫宮とともに北へ向けて歩き始めた。

北側の砂浜に出て、周囲を窺う。

姫宮が伸び上がるような姿勢をして指を差した。

「あ、いたよ。やっぱりここだ」

猪熊は相馬の遺体を納めた寝袋の近くにいた。相馬の遺体は彼女たちが寝ていた木々の下に安置されている。昨日より距離は離してあったが、黒い寝袋が置いてある。彼女の遺体の近くで寝たらしい。

猪熊は胡座《あぐら》をかいて呆《ほう》けたように海を眺めている。

「猪熊さん」

姫宮が声をかけると、猪熊はゆっくりと顔を上げてこちらに視線を移した。

「何しに来たんですか」

「ベースキャンプに戻らないから、心配して」

「心配？　どうせ、そんなふうには思ってないんでしょう」

「いえ、本当に――」

「うるさい！」

猪熊が勢いよく立ち上がった。姫宮が一歩後ずさる。

「こ、こんなことになって……。サウスリゾート社としてスポンサーから降りるだけじゃなく、訴訟に発展させてやるからな」

「猪熊さん。今はいがみ合っている場合じゃない。皆と一緒にいないと危険だ」

蜂須賀は柔らかい声を出すよう意識した。刺激しても良いことなどない。

「そのくらい、わかっていますよ。わかっていて、あえてここにいるんです。それだけあなたたちが信用できないんですよ。相馬さんは……相馬さんは良い上司だったんだ。しかも二ヶ月後に結婚式を控えていたのに」

「そうだったんですか」

姫宮が手を口に持っていって驚く。蜂須賀もそれを聞いて目を見開いた。

「……お相手はもしかして、猪熊さんですか」

姫宮の問いに、猪熊は壊れたような笑みを浮かべた。

「そんなわけないじゃないですか。高校の時から交際している方です。ああ見えて、一途な面があるんですよ。仕事においても。今回の計画、本当に張り切っていました。世界に類を見ないリゾート地にしてみせるって」

猪熊は砂地を見つめ、相馬を偲《しの》ぶような顔をして思いの丈を吐露していく。

「そりゃあ、上層部主導で強引に決めたところもあります。でもいったんこうと決めたら、やり遂げる。意志の強い方だったんです。ところが三反園さんが殺されて、すべてが変わってしまった。観光地において、イメージは大切ですから。それに国内外来種まで……。あなたたちは相馬さんがすぐに諦めたように見えたかもしれませんが、断腸の思いだったに違いない。俺にはわかるんだ。いや、相馬さんと仕事をした経験のある者なら皆、わかる。相馬さんと今回の調査に加わると決まった時、俺は同僚たちから羨ましがられましたよ。俺、皆に何て言えばいいんですか。だから、死ぬなら俺が死ねば良かったんだ。俺は犯人が許せないが、同様にあんたたちも許せない」

猪熊は一気にまくしたてた。肩で息をしている。

　蜂須賀は返す言葉が見つからず、黙したまま相馬の亡骸《なきがら》が入っている寝袋に目を落とした。猪熊の従順さは相馬への尊敬の念からくるものだったのかもしれない。寝袋の膨らみが痛々しく見えた。

「もういい。あんたたちにこんなことを言っても無駄だ。ああ、また来やがった」

　猪熊は相馬の遺体の近くに飛んできた何匹かのハエを手で払う。寝袋から少しずつ腐敗臭が漏れてきているのか。一心不乱にハエを近づかせないようにしている猪熊を前に、ただ見守ることしかできなかった。

「あなた方のもとには戻りたくない。もう行ってください」

　猪熊は息を弾ませながら、ハエを払うように蜂須賀と姫宮に手を揺らした。どうしても話を聞くつもりはないらしい。蜂須賀は「行こう」と姫宮に言い、この場をあとにした。

「猪熊さんは相馬さんが亡くなってから、精神が不安定になってきているようね」

　浜を歩いていると、姫宮が気にかけるように呟《つぶや》いた。

「無理もない。しかし相馬さん、結婚の予定があったんだな」

「うん……相手の方は、まだ何も知らない……」

　このような絶海の孤島で殺されたと聞き、どう思うだろうか。阻止できなかった自分たちも恨まれるだろう。猪熊が俺たちに敵対心を剝《む》き出しにしているように。

「それに、相馬さんは今回の計画を成功させようと思っていたんだね。会社の上層部だけがやる気になっていて、相馬さんはそうでもなかったのかと私は感じたんだけど……そうじゃなかったみたい。三反園君が殺されて計画が頓挫しそうになったことが本当に悔しくて、あんな態度を取っていたのかな。三反園君を殺したのは相馬さんじゃないのかもね」

姫宮が自分の推理に弱気を見せる。

「そうかもな」

蜂須賀も姫宮と同じ印象を持った。相馬が犯人という可能性は低そうに思える。

重い気分のままベースキャンプに戻ろうとすると、小高い場所で鷹取が鳥の観察をしているのに気づいた。鷹取は昨日もあの場所に立っていた。彼はいったい何を考えているのだろう。

素通りしようとしたが、蜂須賀はふと海を眺めたくなった。不意に道をそれた蜂須賀の後ろを、姫宮が黙ってついてくる。

蜂須賀は鷹取のすぐ近くまで寄ったが、彼は鳥の動きに夢中になっていて気づいていないようだ。鷹取には声をかけず、海を見下ろした。

遮るものは何もない。太陽から降りそそぐ光が青い海原に反射し、命の煌《きら》めきのような輝きを放っている。その光の先に白い船体の桐生丸《きりゅうまる》が浮かんでいた。復旧は進んでいるのだろうか。

海と対を成す空では、海鳥が回遊していた。鳥たちは海に空にと自在に飛び回り、何の拘束もなく伸び伸びと羽を広げている。桐生丸のほうにも向かい、そして戻ってくる。食料を探す最中に船のマストで羽休めでもしているのだろうか。

数羽の鳥がこちらに飛んできて着地した。オナガミズナギドリか。鷹取が砂地に巣穴を作ると説明していた。頭から背中にかけて灰色がかっており、くちばしから腹部は白。「オナガ」という名のとおり、尾の部分がやや長いのが特徴だ。

着地した鳥が、地面の穴に入っていく様子が蜂須賀にもよく見えた。あの巣に凶器を隠したのではと推理してみたものの、頻繁に戻ってきているようだし、目印のようなものもなく難しそうに思えた。

鷹取は帰巣した鳥を捕獲している。そういえば昨日、捕獲した鳥に足環をつけて放していた。その鳥が戻ってきたのだろうか。蜂須賀と姫宮は、こんな時にも調査を優先できる鷹取に辟易し、疑いも持っている。だが、もし純粋に調査をしたい一心でいるのだとしたら、その心持ちが少し羨ましくなった。

「戻るか」

同じように海を眺めていた姫宮を促した。

「うん」

二人がこの場を去ろうとした時だ。

「あ、あ、あった。あった……あった！」

やにわに鷹取が奇声を発し始めた。何事かと振り返ると、鷹取が足環を持って叫んでいた。目には尋常ではない興奮が宿っている。鷹取がこんな目をするということは……。

「鷹取さん。新種でも発見したんですか？」

「……新種？　新種だったら良かったけど、これも良いものだよ。ちょっと待ってて」

鷹取は指先を器用に動かして足環を外し、中から紙片を取り出した。それをざっと目で追うと、「見てごらん」と蜂須賀に手渡した。

蜂須賀は姫宮にも見えるように紙片を広げた。

「鷹取さん、これは……」

蜂須賀と姫宮はあまりに意外なことに驚嘆しながら、鷹取を見返した。

「桐生船長からの手紙だよ」

「どういうことなんですか」

蜂須賀が訊《たず》ねると、鷹取はにっと笑って事情を説明した。

「私は事件が起きた日から、鳥の飛ぶルートを把握しようと努めていたんだ。桐生丸となんとか連絡を取るために鳥が使えないかと思ってね。やがてパターンがつかめると、桐生丸のほうへ飛び立つ鳥を捕獲しては、何回かに分けて足環をつけたんだ。その足環に殺人事件が起きたこと、そして無線機とボートの件を書いた紙を結んで飛び立たせた。何羽かのうちの一羽でも、船の近くにたどり着けばいい。船長たちがこの足環に結ばれた紙の存在に気づくかもしれない。私はそれに賭けたんだ。復旧作業中の垂れ幕に気づいた後、観察を継続していると、船に新たに仕掛けが作られているのを見つけたんだよ」

「仕掛け？」

「かすみ網だよ」

昨日、桐生丸の船体に掛かっていた垂れ幕を見つけた時、鷹取がかすみ網について説明してくれた。鳥を捕獲するための強力な装置——。

「船長たちは鳥に足環がついているのに気づいた。足環に紙をくくりつけていたから、それがどういう意味を持つのか、見てわかったんだろうね。そこで足環のついている鳥を捕獲しようと、かすみ網を使ったんだ」

「桐生船長たちは鳥を捕獲でき、その返事を足環につけて返したんですね？」

「そうだよ」

蜂須賀の問いに、鷹取は満足げに口角を上げる。

鷹取は調査のために鳥の観察をしていたのではなかった。

桐生丸に状況を伝えるために鳥の観察を続けていたのだ。

だからいつも、この付近にいたのか。鳥の観察に夢中になっていると思わせるような行動をとっていたが、鷹取は鷹取なりに状況を打破しようと独自に動いていたのだ。鷹取を怪しいと疑っていた自分がひどく情けなく感じた。

「海鳥は海にも入りますよね。紙は無事だったんですか」

今度は姫宮が質問をする。いろいろと疑問に思う点があるようだ。

「普段から耐水ノートと耐水ペンを使っているから、濡《ぬ》れようが問題ない。耐水用紙は強度もあるしね。だから、いけると踏んだわけだよ」

上陸直後、アカオネッタイチョウを観察していた時、鷹取は耐水ノートとペンを使っていると言っていた。それを利用したのか。

「オナガミズナギドリを選んだのは、島で捕まえやすいからですか」

姫宮が問いを重ねる。

「そう。砂地に穴を掘って巣を作るから、捕獲しやすいんだ。オナガミズナギドリは夜になると巣に戻る習性があるけど、四月から十月にかけては繁殖期に当たるため、その間は日中も巣に戻る。今は六月だからね。これも前に説明したよね。そのために、ずっとオナガミズナギドリたちの巣の近くにいたんだ。ついでに巣の中に無線機や凶器が隠されていないか調べてみたよ。残念ながらなかったけどね」

鷹取は蜂須賀が推測した件についても調べてくれていた。頭の下がる思いだった。

「凶器などは俺たちも発見できませんでした。鷹取さん……それにしても、なぜ黙っていたんです？」

蜂須賀は疑問に思って訊いた。最初から説明してくれていれば、いらぬ疑いを持たずに済んだのに。

「失敗する可能性があるからね。変に期待させたくなかった。それに、私の目論みを犯人に気づかれたくなかったんだよ」

そうか。こういう行動をしていると感づかれてしまえば、たとえ犯人が鷹取を狙っていなくても、方針を転換して彼を殺そうとしたかもしれない。鳥の観察をしているだけだと思わせられれば、犯人に危害を加えられる可能性は減ると踏んだのだ。鷹取の言動が不審めいて見えたのは、犯人への警戒心のためだったようだ。

「どうして俺たちには教えてくれたんですか」

「だって、もう手紙を手に入れたしね。それまではずっと黙っていただろう？」

鷹取は淡々と答え、「読んでみてごらん」と促した。

蜂須賀は姫宮に見えるよう、彼女の横に立って紙を広げてみせる。

桐生によると、やはり予備のゴムボートには穴が開けられ、ドローンと衛星電話は破壊されていた。その後、ドローン操縦士でエンジニアの雷田《らいだ》の修理で、今日衛星電話が復旧し、ドローンもまもなく修理が完了する見込みだという。

ドローンに予備の簡易無線機を運ばせるとあった。簡易無線機はトランシーバーに似た形状で、桐生丸では本来使っている無線機が故障した場合に備えて、この無線機を搭載していると、上陸前に桐生船長が説明していた。簡易無線機も通信は五キロほど届く。それを運んでくれるようだ。

ボートは破損がひどく、復旧は難しいらしい。

「すごい、雷田さん。衛星電話とドローンで充分だよ」

「しっかり修理をしてくれていたんだな。事件についても衛星電話で、すでに警察へ通報したとある」

「良かったあ。ようやく警察が来るんだね」

「だが、来られるのは明日のようだな」

東京から硫黄島近辺までヘリなら三時間ほど。しかし関係各所との調整が必要なため、一日猶予がほしいとある。紙に書いてある日時は今日の午前十時四十分。遅くとも明日には警察がこの島にやってくる。

「ヘリで来るとしても、直接この島に降りられるのかな」

「どういう意味だ」

「この前も言ったように、ヘリや警官たちの洗浄が完璧にされているのなら問題ないけど、そこを疎かにされたら小さな種子や虫などの外来種を持ち込みかねないでしょ」

「それを含めての関係各所との調整なのかもな。明日になればわかる。早く皆に伝えよう」

蜂須賀と姫宮、鷹取は駆け足でベースキャンプに戻り、皆に話した。

「本当か！　鷹取、ありがとう」

今福は鷹取に抱きつかんばかりに喜び、水原は安堵《あんど》のあまりなのか泣き出してしまった。今福はすっかり鷹取を見直した様子だ。

蜂須賀と姫宮は、土屋と猪熊にも伝えにいった。二人とも夜は別行動を取るが、それまでは一時的にベースキャンプに戻ると言ってくれた。後で合流するから、先に戻っていてくれという。まだ犯人がわかったわけではないから、夜は用心しているようだ。

「仕方ないな。明日までの我慢だ」

「最後の踏ん張りどころだね」

ベースキャンプに戻ると、今福と水原が撤収に向けて片づけを始めていた。

「気が早いですよ」

「まあ、先に片づけておいたほうが良いものだけな」

今福は少し照れながら、一段と伸びてきた顎髭《あごひげ》を掻いた。水原も笑っている。蜂須賀は食料ケースの前に立ち、腹をさすった。

「安心したら腹が減ってきた。残りの食料、今日と明日で全部食べちゃおうぜ」

「お好きにどうぞ」

姫宮は呆《あき》れ顔をしたが、すぐに小さく噴き出す。

蜂須賀は残っている携行食と水のペットボトルを手に取ると食べ始めた。ようやく食べ物の味を感じとれた気がした。

3

その日の午後四時頃、調査団の前にドローンが現れた。

知らせを届けたのは、双眼鏡を覗《のぞ》いていた鷹取だった。鷹取は本来の調査もしたいと言って、海岸付近で鳥の観察をしていた。その時にドローンに気づいたという。土屋と猪熊は午後になって戻ってきていた。

青い空を黒い点が移動してくる。間違いなくドローンだ。

皆が手を振ると、ドローンは挨拶するように小さく旋回した。フックに簡易無線機が掛けてあるのが視認できた。下降してきたドローンから今福が簡易無線機を受け取り、交信を試みる。

「こちら今福です。どうぞ」

『こちら桐生。どうぞ』

桐生船長の声だ。メンバーたちが沸き立つ。

「良かった、繋《つな》がった」

ドローンは祝福するように旋回を繰り返し、島の中心部のほうへ飛んでいった。島の様子を確認するためだろう。

「船長、警察はいつこちらへ？」

『手紙に書いたとおり、明日には来られるそうです。午前中には着きたいとのことでした』

「救助は？」

『救助については、父島の研究施設にいる東京の大学関係者が船を出して、ゴムボートを持ってきてくれます。こちらも明日の午前中には到着するかと』

蜂須賀は心の底から安堵した。事態が好転し始めている。唯一、犯人がわかっていないことを除いては。それは警察の捜査に期待するしかないだろう。

「桐生丸の機器が壊されたのは、いつなんでしょう？」

姫宮が問いかける。今福が桐生に伝えた。

『気づいたのは、今福さんの上陸報告を受けた後ですね。ドローンが壊れていると雷田さんから報告がありました。船の周囲でテスト飛行をする予定になっていたので。あくまでテスト飛行でしたから、今福さんたちには伝えなくても良いと思ったんです。修理が長引いて、翌日以降になったら、その時に報告しようと』

「そうでしたか。こちらは上陸翌朝の三反園の事件とともに無線を奪われたらしく、桐生丸との連絡手段を断たれてしまいました。状況を伝えようとして狼煙《のろし》を上げたんですが、それには？」

『すみません、煙は見たものの、意図までは察せられませんでした。こちらの無線機は無事だったので、日が暮れてからＳＯＳ信号を見て連絡を入れたのですが、誰も応答しませんでした。無線機にも問題が起きたのかと判断してボートを出そうという話になりました。ところが今度はボートに大きな穴が開いている。それも三艘《さんそう》すべてにです。これはいよいよおかしいということで、こちらからもＳＯＳ信号を返しました』

　ＳＯＳ信号を送った後、しばらく待たされたのは、そうした事情があったのか。

『さらに衛星電話で父島の施設に連絡しようとしたら……』

「それも使えなくなっていたんですか」

『ええ。我々もパニックになりました。それでも状況を改善すべく、雷田さんがドローンと衛星電話の修理をしてくれるというので、僕ら船員は現状を伝えようと垂れ幕を作ったんです』

「鷹取が双眼鏡で見つけてくれました」

『よく気づいてくれました。そうそう、鷹取さんには驚かされましたよ。鳥の足にメッセージを込めていたとは。船員の一人が、何羽かの鳥の足環に紙がついているのに気づいたんです。何かを伝えたいのではと考え、鳥を捕まえようとして大騒ぎになりましたよ。一刻を争うと思ったので大変でした。甲板に餌を撒《ま》いたりして。かすみ網が非常に役に立って、何とか捕獲できたんです』

　こうして話を聞くと、状況がよくわかった。島だけではなく、桐生丸側も混乱していたのだ。

　無線機から雷田の声が聞こえてきた。

『今福さん、ちょっといいですか』

　少し嗄《しゃが》れた声。まさしく雷田の声だ。

「雷田か」

『なんか久しぶりって感じですね。そっちは大変な事態になっていますね……三反園と相馬さんは残念です……』

「ああ……。だが警察に通報してくれたから、皆安心しているよ。で、どうした？」

『誰でもいいんで、今いる場所から東北東に三百メートルほど移動してほしいんです』

「東北東に？」

『ハエが集まっている場所があって、近づいて拡大してみると、どうやら土を掘り返したような跡があって、そこに何かがあるようなんですね。動物の死骸はないし、不自然なんです。普段なら気に留めないようなことなんですが、ほら、殺人事件があったので。少しでもおかしな点に気づいたら、漏らさず伝えたほうがいいと思って』

「なるほど、気になるな。俺が行って見てこよう。誰か無線機を」

「いや、俺が行ってきます。今福さんは船との情報交換を続けていてください」

「私も」

蜂須賀が走りだすと、姫宮もついてきた。

ドローンがホバリングをしていた。目標地点にたどり着くと、土の表面に黒々としたハエが集まってきていた。土を掘り返して、埋め直したようにも見える。もしかしたら、しばらく前からこの状態だったのかもしれない。上空から見下ろせるドローンだから発見できたのだ。

「土の中に何か埋まっているようだな」

「掘ってみようよ」

ハエがこれだけ寄ってきているのだから、そこに何かがあるはずだ。そしてそれは決して気持ちの良いものではないことも確かだ。

蜂須賀は軍手をはめ、ハエを払いのけながら土を掘った。すぐに、この島にあるはずのない物が姿を現した。

「……刃物だ。バタフライナイフのようだな」

「血がついてる。ハエはこれに誘われてきたの？」

「浅い部分に無造作に埋められていたから、血の臭いを察知したハエがたかっていたのだろう」

殺人に使われた凶器かもしれない。犯人は焦って埋めたのだろうか。刃には血を拭った形跡はあるが、柄などに付着した血は完全に拭き取られてはいなかった。

「そうね。犯行は夜だったし、血の付着具合がよく見えなかったのかな」

「三反園が殺された時は、鷹取さんが深夜まで起きていた。相馬さんが殺された時、俺たちが寝てしまったのは一時間ほど……人の目や時間を考慮すると、綺麗《きれい》に拭き取っている猶予はない。海や沼に棄《す》てず、ここに埋めておいたのなら、また使うことを考えていたのだろう。だからすぐに取り出せる浅い場所に埋め、多少の血がついていても構わなかった」

「鷹取さんは船との交信を試みていたから、やっぱり犯人ではないのかな？」

「おそらくな。だが、鷹取さんは夜中に起きていたから、まだ確実とまでは言えない。それは皆にも当てはまるが……。警察の捜査に期待だな」

このナイフと付着した血は重要な証拠になるはずだ。

蜂須賀は手持ちのビニール袋をサイドバッグから取り出して、慎重にナイフを入れた。ナイフの刃でビニールが切れないよう、もう一枚のビニール袋を外から刃の部分にタオルのように巻きつけた。

「犯人もまさかハエに察知されるとは思っていなかっただろうな」

「衣服はない？　返り血を浴びていたら、同じように埋めているかもしれないよ」

姫宮がナイフが出てきた辺りに向けて目を凝らした。蜂須賀はナイフの入ったビニール袋を姫宮に渡し、軍手で土を掘り起こす。

「ないな。別の場所に埋めたか、返り血は浴びなかったのかもしれない」

「シリンジと注射針、無線機も見当たらないね」

「やはりどこかに隠したか、棄てるなどしたのだろうか。ベースキャンプに戻ろう」

蜂須賀と姫宮がキャンプに戻ると、皆は驚きを露《あら》わにした。それはそうだろう。実際に人の命を奪ったであろう凶器が、こうして目の前に突き出されたのだ。この中に犯人がいるのなら、証拠が発見されたことで諦めを感じてくれるだろうか。

「これは重要な証拠だ。犯人がいるなら名乗り出てほしい」

蜂須賀は皆の顔を順繰りに眺めた。

「その言い方だと、まるで蜂須賀さんが自分は犯人ではないと強弁しているみたいじゃないですか」

　土屋が憤慨しながら蜂須賀ににじり寄って反論した。土屋の不信に満ちた目が、蜂須賀の顔と、ナイフの入ったビニール袋を往復する。

「何だと」

「だってそうでしょう。自分で埋めたのを掘り起こしただけかもしれない」

「まあまあ、土屋。落ち着け。蜂須賀も先走るな。それは警察に任せよう」

　今福が間に入る。今までとは違い、多少余裕が見えた。桐生丸と連絡が取れ、警察が捜査に来るとわかり、心の重荷が取れたようだ。

「今福さん。この凶器ですが、ドローンで桐生丸に運ばせませんか？　犯人がこの中にいるのなら凶器を隠すかもしれないし、また使われるかもしれない」

　蜂須賀が懸念とともに提案する。異議を唱える者はいない。

「それは良い案だと思うが、桐生丸に犯人の仲間はいないのだろうか？」

　今福は桐生丸の機器が壊されたことを心配しているようだ。

「桐生船長と雷田さんが警察に通報しているし、彼らに任せれば大丈夫だと思いますが」

「本当に通報したんですか？」

　土屋が猜疑《さいぎ》心《しん》を込めた口調で訊いた。どこまでも疑り深い土屋に、蜂須賀は少々閉口しながらも感心していた。警察に通報したのかどうか、実際のところはわからないからだ。

　ならば——。

「今福さん、無線機を貸してください」

　蜂須賀は今福から簡易無線機を受け取り、桐生と交信する。蜂須賀自身は免許を持っていないが、緊急時だからか、誰もそのことは指摘しない。

「こちら蜂須賀です。桐生船長、お願いがあります。衛星電話で通報先の警官に繋げてもらい、無線機越しに話をさせてほしいんですが」

『なぜかな？』

「えっとですね……」

　桐生たちを疑うことになるため、どういう言い回しがより良いのか、一瞬考え込む。だが、ここは率直に伝えたほうがいいだろう。

「本当に通報したのか、実際に警察の方と話して確認したいんです」

『僕が共犯かもしれないとか、そういう意味かな？』

「そうです」

『なるほど。あんな事件が起きたから、いろいろと疑っているんだね。いいよ、少し待って』

　桐生は蜂須賀の意図を理解し、警視庁の刑事に繋いでくれた。五分ほど待つと、無線機から甲高い声が聞こえてきた。

『警視庁捜査一課の狩屋《かりや》です』

無線機越しのため少々聞き取りづらいが、会話をするには問題なさそうだ。

「調査団の蜂須賀です。明日は島に来ていただけるとか」

『ええ。もうしばらく我慢してください。事件の重要性を鑑みて捜査本部を立ちあげましたが、場所が場所だけに、いろんな調整が必要なんです。できるだけ早く……午前中にはそちらに到着したいと考えています』

「よろしくお願いします」

『私たちが到着するまで、慎重に過ごしてください。では』

衛星電話が切れ、再び桐生が話す。

『これでいいかな？』

「ありがとうございました。あと、先ほど雷田さんに指定された場所から、凶器と思われるナイフを発見しました。重要な証拠となるため、ビニールで厳重に包んであります。ドローンでそちらに運ぶので、保管していただけますか？　犯人がまた使うかもしれないので。このことは先ほどの狩屋さんにも伝えてください」

蜂須賀は皆に聞こえるよう、意識して声を出した。

『凶器が？　お安いご用だ。金庫があるから、その中で確実に保管しよう。雷田さん、聞こえた？』

『聞こえてますよ。まさか凶器が掘りだされるとは……。しかし、ドローンで刃物などの危険物の運搬をすることは航空法で禁止されていて、国土交通大臣の承認が必要なんですよ。桐生さん、お手数ですが狩屋さんに衛星電話で連絡を入れて、この旨を伝えていただけますか？』

『わかった。少し待ってくれ』

十分ほど待たされたものの、桐生の弾んだ声が聞こえてきた。

『捜査本部を通じて承認をいただくそうだ。すぐに桐生丸で保管したいという事情も理解してくれ、事後承認という形で良いと言ってくれた』

「それは助かります」

蜂須賀は礼を述べ、今福の顔を見た。今福は「良かった」と胸をなで下ろしたように口髭を上下させた。このやり取りを聞いた雷田が指示を出す。

『じゃ、蜂須賀。ドローンをキャンプに降ろすから、フックに掛けてくれ』

「了解」

蜂須賀は無線機を今福に返した。実際に刑事の声を聞き、ナイフも桐生丸で保管されることになり、皆の不安は解消されたようだった。

蜂須賀はナイフの入ったビニール袋を、着陸したドローンの足の部分にあるフックに引っかけた。フックは錠のようにロックがかけられた作りになっており、落下する心配はなさそうだ。

ドローンが飛び立ち、遠ざかっていく。

本来ならこんな物騒な物の運搬ではなく、人が立ち入れない崖の途中にある穴や、樹上の鳥の巣などの貴重な資料や分析が必要なものを発見したり、運んだりするために用意したのだが。いつかこの島でそうした役割を果たしてほしい。ほとんど点になってしまったドローンを眺めながら蜂須賀は念じた。

ドローンを見送った一行は明日の帰り支度をして過ごした。

午後六時を過ぎて皆で食事をとった。今日は土屋と猪熊も食料ケースの中からレトルト食品を選んで食べていた。

しかし——。

午後八時を回って就寝の時間が近くなってくると、今福が口を開いた。

「さあ、最後の夜だ。今日は皆で過ごしたほうがいい。土屋、どうだ？」

今福が軽い調子で土屋に訊ねる。

「すでにお伝えしたとおり、僕は別の場所で寝ます。食料と水はいただいていきますが」

土屋は冷えた笑いを返し、今福の誘いをすぐさま断った。自分の荷物をまとめると、ザックを背負って東のほうへ歩みだし、さっさとこの場を去ってしまった。止めても無駄だと悟ったのか、今福は苦々しい笑みを浮かべている。もう水原も声はかけなかった。

「自分もここにはいられません」

幾分は落ち着いたかに見えた猪熊だったが、やはり調査団のメンバーを信用してはいないようだ。猪熊は食料と水をザックに詰め込み、北の上陸地点のほうへ歩いていった。今夜も相馬の近くで寝るのだろうか。

結局、同じメンバーで一人ずつ一時間の仮眠をして夜を明かすことになった。

今日もあみだくじで順番を決め、今福が一番を引いた。土屋と猪熊が去ったためにまた疲れを感じたのか、「一番はありがたいな」と言い残してテントの中に消えていった。

蜂須賀、姫宮、水原、鷹取で輪になって座る。

「最後もやっぱり歌織《かおり》ちゃんのコーヒーかな？」

水原がねだるような目をして姫宮のほうを見る。

「私も飲みたいね」

鷹取までも乗っかってきた。

姫宮がちらと蜂須賀に視線を向ける。昨夜もコーヒーを飲んだが異状はなかった。コーヒーを作る際に皆の一挙手一投足を観察しても不審な点はなかった。相馬が殺された夜に皆が寝てしまったのは、やはり疲労が限界に達していたからだろうか。仮に疲労が原因ではなかったとしても、コーヒーに問題はないはずだ。

「じゃあ、俺もいただこうか。手伝おう」

「私、お湯を沸かすね」

水原がやかんを手にして、飲料ケースからペットボトルの水を取り出す。水原は力を込めるようにして、キャップを開けた。不審な点はなさそうだ。水原がやかんに水を注ぐのを横目に見ながら、蜂須賀は紙コップの入っているケースを開けた。

ドリップバッグを取りにきた姫宮が、「大丈夫だと思う」と蜂須賀の耳元でささやいた。彼女も同じように考えていたようだ。蜂須賀は目で返事をして、一番上にある新品の紙コップの束をつかみ取る。束はまだ五つほど残っているが、今夜で終わりだから充分足りる。コップの封を開ける時にそれとなく調べてみたが、おかしな点はなかった。

「最後の夜だし、とびきりおいしいコーヒーを淹れちゃうから」

姫宮が腕まくりをする仕草をしながら、蜂須賀が並べたコップにコーヒーを淹れていく。蜂須賀はドリップバッグを外し、水原と鷹取に紙コップを手渡した。

「おいしい」

水原はコーヒーを口に含み、幸せそうに微笑む。極度に疲弊しているように見えた水原だったが、今は精神的にだいぶ楽になっているように思えた。蜂須賀もコップに口をつけた。味も問題ない。

「うまい。上達してるんじゃないか」

「限界状態のほうが実力を発揮できるのかもね」

姫宮がコップを小さく上げて軽口を叩く。

外部と連絡が取れたため、皆の気分が多少なりとも軽くなっているように感じた。その後コーヒーを飲み干しても、眠くなることはなかった。

一時間が経ち、今福が起きてきた。二番目は蜂須賀で、その後は鷹取、水原、姫宮の順に就寝していき、午前三時を迎えた。

この時間帯は蜂須賀の二回目の番だ。すぐ寝られるかと思ったが、十五分ほどで目が覚めてしまった。それから寝つける気がしなくて、テントから這《は》い出す。明日にはこの島を離れて本土に戻るし、このまま起きていてもいいだろう。

「蜂須賀さん、寝られないの？」

姫宮が再び皆にコーヒーを淹れるところだった。

「目が冴《さ》えてしまってな。またコーヒーを淹れてるのか」

「すごく眠くって、私がお願いしちゃった」

眠そうな顔をしている水原が照れたように言う。この時間帯が一番きついかもしれない。

「そうでしたか。じゃあ、俺ももらっていいか？」

「いいよ。夜更けだし、濃いめに作るね」

姫宮がお湯の量を増やし、ドリップバッグの個包装をもうひとつ開けた。今福が「さっき開けたばかりの紙コップだ」と束からコップをひとつ手にして、姫宮から受け取ったドリップバッグをセットした。そこに姫宮がお湯を落としていく。今は五人全員が起きている。

蜂須賀は淹れ終わった紙コップに手を伸ばした。香ばしい匂いが鼻を抜けていく。コーヒーを口に含む。濃厚な苦みが喉を通っていくが、それがかえって深みを感じさせる。

「いいね。すっかり目覚めたよ。今福さん、俺の代わりに誰か寝てもいいですよ」

「誰かいるか？」

水原が飲みかけていたコーヒーを脇に置いて遠慮がちに手を挙げた。これまで一番疲れているようだったから、皆に異存はなかった。水原は皆に礼を言ってテントに入っていく。

残った四人は明日の救助への期待をそれぞれ口に出す。そして全員がコーヒーを飲んで二十分ほどが経過した頃だった。

蜂須賀たちは突然意識を失った。

強烈な眠気に襲われ、皆がその場に倒れ込んでいった。蜂須賀は「まずい」と思ったが、眠りに落ちた瞬間がわからないほど、急劇に意識が飛んでいった。

「蜂須賀君、今福さん。皆、起きてください」

鷹取の必死の声が聞こえ、蜂須賀は飛び上がるようにして起きた。

「鷹取さん？　しまった。眠ってしまったのか」

蜂須賀は皆の様子を確認した。今福、姫宮の姿はある。二人とも寝ている。水原はテントの中か。

東の空が明るい。

腕時計を確認した。午前五時四十五分。二時間ほどが経過していた。

「姫宮、起きろ。おい、起きろって」

蜂須賀が肩を強く揺すると、姫宮は重そうな瞼《まぶた》を開けた。

「ん……あれ？　どうして」

姫宮は寝ぼけたような声を出して体を起こした。

鷹取が今福の名を呼びながら肩を叩いている。今福もゆっくりと目を開けた。すぐに異変を感じとったのか、ふらつきながら立ち上がる。

「何だ。何が起きたんだ」

今福が焦りを込めた声をあげ、頭を左右に振る。

蜂須賀は舌を打ちながら答えた。

「全員、眠っていました。姫宮、水原さんを起こしてきてくれ」

「わかった」

事態を察して一気に目が覚めたのか、姫宮はテントまで走っていき「水原さん」と呼びかけるが、返事がない。まだ眠っているのか。

姫宮がテントのドアをめくる。すぐにこちらを振り返り、切迫した表情で言った。

「水原さんがい、い、いない」

最終章

今福《いまふく》が自分のテントからトランシーバーを取ってきて、水原《みずはら》に呼びかけた。

「水原君、聞こえるか？　どこにいるんだ？　いるなら返事を」

その後も今福が何度も語りかけるが、応答はない。

「手分けして水原君を捜そう。トランシーバーを持っていってくれ」

今福が号令をかける。四人で方々に散り、水原の名を叫び続けた。

張り上げる声を聞きつけたのか、蜂須賀《はちすか》のもとに土屋《つちや》が駆け寄ってきた。

「蜂須賀さん、水原さんがどうしたんですか。こんな時間に」

「いなくなったんだ」

「え……」

土屋が顔色を失う。

蜂須賀が事情を話す間もなく、土屋は水原の名を呼びながら駆けだしていった。遠く離れても土屋の一際大きな声が聞こえてくる。

しばらくして猪熊《いのくま》の声が聞こえてきた。皆の叫び声で事情を知ったようで、焦燥感のこもった声を振り絞っている。もう人が死ぬのは嫌なのだろう。その思いが伝わってきて、蜂須賀も走り回り、懸命に水原を捜した。

一時間近くが経《た》ったものの、見つからない。

蜂須賀は南側の岸壁の近くまで出たが、水原の姿はない。キャンプへ戻ろうとして、崖の縁に朝陽《あさひ》を受けて光っている物があるのに気づいた。

「何だ？」

不審に思って近寄るとヘアピンが落ちていた。

「これは……水原さんのヘアピン」

水原がかわいくて一目《ひとめ》惚《ぼ》れしたと言っていた、魚をかたどったヘアピンだ。初日に蜂須賀が虫の採取用のトラップを設置しながら、北の海岸に立ち寄った時だ。姫宮も褒めてくれたと、嬉《うれ》しそうにはにかんでいた水原の顔が思い出される。

「まさか」

崖から転落したのかと思い、下を見やった。

愕然《がくぜん》とした。

白い肌をした四肢が、うつ伏せで海に浮かんで漂っている。

水原――。

全身から血の気が引いた。すぐにでも救出したいが、崖の上から海まで三十メートルほどもある。ここから下りるのはとても無理だ。まずは皆に伝えなければと思い、トランシーバーを手に取った。

「皆、聞いてくれ。水原さんを発見した。南の崖下の海に浮いている」

『えっ……土屋です。すぐ向かいます！』

『姫宮《ひめみや》も行きます』

『今福だ。俺もすぐに』

鷹取《たかとり》と猪熊は返事をしない。通話可能距離の外にいるのだろうか。蜂須賀はトランシーバーを手に持ったまま、ベースキャンプのほうに向かって走った。駆けながら二人に交信を試みる。ベースキャンプが近づいてきたところで、ようやく猪熊が応答した。彼も南に向かうという。残るは鷹取だったが、すぐに返事がきた。

『北のほうにいたんだ。私もすぐ駆けつける』

「わかりました。他の皆とは連絡がついたので、崖に戻ります」

トランシーバーをサイドバッグに突っ込み、崖に戻るために一心不乱に駆けた。

姫宮と土屋、今福が来ていた。姫宮は涙を流しながら崖下を覗《のぞ》いており、今福もこの惨状を前にして茫然《ぼうぜん》としたように佇《たたず》んでいる。

「水原さん！　水原さん！」

土屋が崖の先で手をついて、海へ向かって叫び続けていた。声が割れ、悲痛さが伝わってくる。だがその声は、海に吸い込まれていく。

峻険《しゅんけん》な岸壁だ。彼女が波に打ちつけられて漂っているのを見下ろすことしかできない。ただ時間だけがむなしく過ぎていく。そうこうしているうちに、猪熊と鷹取もこの場に到着した。二人とも事態を目の当たりにして声を失い、沈痛な表情で崖下を見つめている。

ここから見ても、水原の生存は絶望的に思えた。それでも蜂須賀は一刻も早く彼女を陸にあげてやりたかった。

「どこからか下りられないのか」

蜂須賀は崖の左右を見た。西の岩場側から回り込めば下りられるかもしれない。

蜂須賀が足を踏みだそうとした時だった。ヘアピンから少し離れた茂みに、鈍く光る四角い物が落ちているのが目に入った。

「水原さんのタブレットＰＣだ」

蜂須賀が言うと、姫宮が気づいて手に取った。画面がすぐについた。スタンバイモードにしていたらしい。パスワードはかかっておらず、デスクトップが表示されている。

「文章が書かれてる。急いで打ったみたいだけど……」

姫宮はなぜか困惑したように口をつぐんだ。

「姫宮、どうした。何が書かれているんだ？」

デスクトップが映っているのはわかるが文字までは見えず、蜂須賀が問う。それでも黙っている姫宮に、土屋が焦れて「どうして言わないんですか」と端末を奪い取ろうとする。

姫宮は土屋の手を避け、蜂須賀の顔をちらと見上げる。

何だ――？

蜂須賀が思ったのと同時に、姫宮は読み上げた。

「はちにころされる――と平仮名で書かれてる」

「え？」

蜂須賀は思わず声を出した。

姫宮が蜂須賀に見えるよう、画面をこちらに向けた。画面に表示されているメモアプリには確かにそう書かれている。追われて逃げていたのだろうか。崖から突き落とされる前に、急いでこの文章を打ったのだろう。平仮名だけの文章が、その折の切迫感を伝えている。

姫宮以外の皆が一歩下がって蜂須賀を遠巻きにする。「はち」とは蜂須賀を指しているのだと、そう思ったようだ。

「違う。誰かが俺をはめようとしているんだ」

蜂須賀は強い口調で弁解した。

「ツチビノキの種子に注射痕、水原さんのメモ……やっぱり蜂須賀さんだったんですね」

土屋は聞く耳を持たずに怒りを露《あら》わにする。

猪熊は恨みを込めた目で睨《にら》みつけているし、今福までもが厳しい眼差しを向けてくる。

「なぜこんなことを。理由があるなら聞こう」

今福が蜂須賀を犯人として扱い始めた。姫宮と鷹取は心配そうに蜂須賀を見つめている。

「昨夜、また全員が寝てしまっただろ。急に意識が飛んだようになったのは皆覚えているはずだ。明らかにおかしかった。誰かが即効性の高い睡眠薬をコーヒーに盛ったのに違いない」

「そうだな。確かに皆が急に寝てしまった。時間的には三時半頃か。皆が口にした物となると……やはり思い当たるのは姫宮が淹《い》れてくれたコーヒーだが」

今福がその時の光景を思い出すように、顎鬚《あごひげ》に指を当てる。

「私じゃないですよ」

姫宮は心外だと言わんばかりに声を張り上げた。

「だとしたら犯人は蜂須賀さんしか考えられないじゃないか。三反園だけじゃなく水原さんも、蜂須賀さんが第一発見者だ。偶然とは思えません」

土屋が怒りの形相で蜂須賀に詰め寄る。

「俺は寝てしまったんだ。何もできなかったんだよ」

蜂須賀は土屋の目から視線を逸《そ》らさず、腕を振りながら反論した。土屋は皆のほうへ顔を向けて非難する。

「また皆が寝てしまったんでしょう？　それじゃ、誰も証明できない。二日前に皆が寝た時も、蜂須賀さん自身がそう言っていましたよね？」

「おまえを含めて必ず誰か一人、起きていたはずだ。そいつが犯人だ」

「だからそれが蜂須賀さんだと、水原さんは教えてくれているんですよ」

土屋が姫宮の抱えているタブレットＰＣを勢いよく指差した。

「姫宮、タブレットを貸してくれ」

蜂須賀は姫宮から端末を受け取り、書かれている文字を黙読した。

画面には「はちにころされる」と表示されている。操作してアプリの後ろ側に何かないか探した。デスクトップに日付入りのテキストファイルがひとつある。開いてみると初日の報告書のファイルだった。毎日の夕食時に今福に報告する決まりになっており、水原はこのファイルを見ながら説明していた。三反園《みたぞの》が殺された事件の後、調査ができていないので新たな情報は追加されていない。タブレットＰＣを一時的に紛失した時に水原が言っていたとおり、一日分のデータしかなかった。

「蜂須賀さん、いい加減にしてくださいよ。もう認めてください」

土屋が剣呑《けんのん》な語調で言葉を投げつける。

「ちょっと黙っていてくれ」

蜂須賀は諦めきれず、本体を入念に確認した。なくした時に傷がついたと言っていた。その時についた傷だろうか、本体の端に何本かの細かい筋が走っている。この場に落下した時についた傷かもしれないが、いつ生じたものなのかは、よくわからない。

「ん？」

妙なことに気づいた。水原が愛《いと》おしそうに撫《な》でていた、オガサワラモクズガニのひっかき傷がない。蜂須賀はその傷跡をよく覚えている。

なぜだ。

これは何を意味している？

ある考えが浮かび、蜂須賀の胸を衝《つ》いた。

――このタブレットＰＣは水原のものではない。

水原が使っていたタブレットＰＣの状態を精巧に再現しているようだが、決定的に違う箇所があった。それがあの時、カニにつけられた傷だ。このタブレットＰＣを用意した者は、カニの傷の話を知らない。

――おかしい……この端末は誰かが前もって用意したんじゃないか？

「どうしたの」

蜂須賀の表情から読み取ったのか、姫宮が話を促すように訊《たず》ねた。

蜂須賀は目で「少し待て」と合図を送って、他に変わったところがないか、端末本体をしつこく調べた。手がかりになるようなものは何も見つからなかった。

皆の冷ややかな視線を感じる。

残るはここしかない、と判じて充電池を入れる蓋を外して調べるが、ここにもない。バッテリーを抜き取って、表や裏を確認した。バッテリーに異変はない。再び本体に目を落とすと、バッテリー装着面に数字の羅列が並んでいた。

これだ。

これがあれば――。

蜂須賀は顔を上げて皆を眺めながら、力を込めて言った。

「このタブレットＰＣは水原さんのものじゃない」

先ほどの自分の考えを復唱して声に出した。

「は？　何を言ってるんですか」

土屋が怒気を放ち、蜂須賀を睨《ね》めつける。姫宮が土屋より前に進みでた。

「どうしてそう思うの？」

「上陸初日だ。水原さんはオガサワラモクズガニに、タブレットＰＣの背面に傷をつけられたと言って見せてくれたんだ。その傷がこのタブレットＰＣにはない。だからおかしいんだ。これは俺と水原さんしか知らない事実だから、俺への疑いは晴れないかもしれないが……」

土屋の顔つきから、急に険が取れた。

「……僕もその話を聞きましたよ。二人で外来種がいないか探しにいった時です。タブレットＰＣを紛失する前ですね。水原さん、なんだか嬉しそうに話していました。めったに来られない場所で、固有種がつけてくれた出会いの印なんだって。僕にも見せてくれました」

蜂須賀はタブレットＰＣを土屋に渡した。土屋が端末を検《あらた》める。

「ないですね。僕も水原さんのものではないと思います。誰かがすり替えたんでしょうか」

「おそらくそうだろう」

土屋の目に再び怒りが装填《そうてん》される。

「誰なんだ！」

土屋はタブレットＰＣを手にしたまま怒鳴った。

「土屋。この端末と犯人を結びつける数字が本体にあるんだ」

「え？」

「バッテリーを入れる面を見てみろ。数字が書いてあるだろう」

蜂須賀の言に従って、土屋は端末に視線を落とした。

「あっ、これは」

土屋もその数字の意味を理解したようだ。

「ああ、シリアルナンバーだ」

ここにいる全員が目を見開く。蜂須賀は続けた。

「シリアルナンバーは製品固有の番号だ。まあ、犯人は足がつかないように中古品を選んだ可能性はあるが、それでも調べれば販売した店をたどっていけるはずで、少なくとも水原さんが購入した端末でないというのは判明するだろう。これは動かぬ証拠となる。もう、名乗り出たほうがいい」

蜂須賀は目の前にいるメンバーを睥睨《へいげい》する。

姫宮、今福、鷹取、土屋、猪熊……。

ある人物の顔が目にとまった。その人は蜂須賀ではなく土屋の持つタブレットPCに視線を注いでいた。何だ？　なぜ端末を見ている……？

その時だ。

ふと、その人物のこれまでの行動や発言、そして自分たちに降りかかった不自然な事実……

あらゆる破片が再構築されていき、蜂須賀の脳内で大きな絵を描いた。

そうか。

そうだったのか――。

「名乗らないのなら、俺が話しましょう。いいですか」

蜂須賀はその人の顔をとらえる。その人物の目が、ようやく蜂須賀に向けられた。しかし何も答えない。

「仕方ない」

蜂須賀は言葉を切り、一気に言った。

「三反園と相馬さん、水原さんを殺したのは……今福さん、あなたでしょう」

一瞬、皆の顔から表情が消えた。そして今福に視線を向ける。

「何を言っているんだね。窮地に陥ったからといって、俺に罪を着せようなんて」

今福は声を荒らげ、もってのほかだというように拳を握り締めた。

「警察が来る前に認めてください。そうすれば、俺たちは警察から疑われるという面倒事から逃れられる」

今福は眉根を寄せたまま答えない。

「犯行の状況を説明しましょうか」

蜂須賀が自信を込めて言ったが、今福は黙したままだ。蜂須賀は今福の返事を待たずに口を開いた。

「まずは三反園の件です。三反園がいなくなって捜しにいこうという話になった時、今福さんが組み分けをしましたよね。そして俺を第一発見者にしたかったのか、三反園の遺体がある西に向かえと命じました。さっきも土屋に指摘されましたが、第一発見者は疑われやすいと言いますからね。今福さんの指示どおり西に向かい、俺は三反園を発見しました。

それからすぐに俺はトランシーバーで連絡を入れました。皆と話をしましたが、今福さんの声がとてもクリアだったんです。第一発見者となった俺からの連絡を確実に受信するため、ベースキャンプからそれほど離れていなかったんじゃないですか？　姫宮の声など、結構雑音が入っていました。遠くまで捜しにいってくれていたのでしょうね。今福さんは土屋と組んでいましたが、あえて時間をかけて捜していたのでしょう」

蜂須賀が土屋の目を見ると、土屋は何か思い出したような顔をした。

「あの時、今福さんは『ベースキャンプの周りから慎重に捜そう』と言っていました。僕は急いでいたんですけど」

土屋の証言に、今福は不快げに眉を歪めて抗弁する。

「方角はたまたまだし、ベースキャンプの近くにいたのは本当に慎重に捜したほうがいいと思ったからだ。そんなことで俺を疑うのかね」

蜂須賀はゆるやかに首を横に振り、「まだまだありますよ」と応じる。

「俺たちが急に眠りに落ちた理由は、やはりコーヒーに睡眠薬を仕込まれたからだ。その睡眠薬を入れたのは今福さんでしょう。仮眠を取る方法を最初に採用した夜、つまり三反園の事件が起きた日の夜ですね。姫宮が淹れてくれましたが、その時には何も起きなかった。

　事件から二日目の夜、相馬さんが殺された日です。今福さんはおそらく紙コップに細工を施した。新品に偽装する方法は後でお話ししますが――あらかじめ溶かした睡眠薬をコップの内側に塗っておいたのでしょう。睡眠薬はおそらく即効性は高いが長続きしないタイプと、ゆっくりと効くタイプの二種類を使って時間差を作り、不自然にならないようにしたはずだ。俺が寝てから姫宮が寝るまでに差があったのはこのためです。それに起きてから俺は頭痛がしたし、姫宮は移動する際によろけていた。睡眠薬の副作用とも考えられますね。先ほど今福さんもふらついていましたが、あれは演技でしょう。

　そしてその日、俺と他の皆が、一度に眠ってしまった時間帯があったのは覚えていますね？三時半から四時半の間です。三時頃に俺が今福さんを起こした後、しきりに目を擦《こす》ってあくびを嚙《か》み殺していた。誰かにコーヒーを淹れさせるように誘導したのでしょう。その時間帯、足音を立てたり、草木を掻き分けたりする音は巣に戻ってきた鳥たちの鳴き声で掻き消されます。

三反園を殺した夜もそうだったのでしょうね。俺たちは皆、数日間その音の中で過ごしていた。鳥の鳴き声が常時聞こえているのが当たり前の状況だったんですよ。だから浅い睡眠だったとしても、その鳴き声で起こされはしないはずだ。この鳥の鳴き声が常に聞こえているというのは、犯人が人を殺そうと画策するには適した状況だったんです」

「その時間帯は俺だって寝ていた」

今福が髭を震わせて反論する。

「皆寝ていたのだから、誰もアリバイを証明できませんよ。俺もそれで疑われているのですからね。さて、三日目です。この日は犯人は何も起こさなかった。コーヒーは関係ないと意識づけるためです。実際、俺たちの疲労はピークに達していた。前回寝てしまった時も疲労ではないかと考えたほどです。しかし摂取した食料や飲料に睡眠薬を仕込まれたのではないかという疑いも持ち、ベースキャンプを移動する時、姫宮以外の皆には黙って食料ケースを調べました」

「そうなんですか」

土屋が自分は聞いていないというように、蜂須賀を少々非難するような口調になる。姫宮がすぐに補足を入れた。

「私と蜂須賀さんは携行食やコーヒーが怪しいと踏んで、皆には内緒に調べさせてもらったの。誰が犯人かわからなかったから、下手に皆に伝えてしまうと、混乱させてしまうおそれがあった。黙っていたのは悪かったけれど、この状況だし、理解してもらうしかない」

「まあ、そういうことでしたら……。で、調べた結果どうだったんです？」

　土屋が一度姫宮に移した視線を蜂須賀に戻した。蜂須賀は今福に向き直って続きを話す。

「その時には異変はありませんでしたし、姫宮がコーヒーを淹れる時にも不自然な行為はなかった。ここで思い出してください。三反園の事件から二日目と昨日の夜です。俺たちが寝てしまう前に姫宮がコーヒーを淹れた時、紙コップを配ったのは今福さんだったんですよ。その二日とも、事前に細工を施したコップを使用したのでしょう。今福さんは新しい紙コップだと言っていましたが、そうではなかった。姫宮、昨夜の最後のコーヒーを飲む時、今福さんはどこから紙コップを出した？　俺がテントから出た時には、すでに今福さんは紙コップを用意し終えていた。後から俺の分をひとつ取ってくれたが、俺は新品を開封したところを見ていない」

　姫宮が記憶を呼び起こすように、斜め上を見ながら答えた。

「ええと……食料ケースの中からだよ。外装のビニールを開ける音がしたし、新品かと思ったんだけど。今福さんも新しいものを開けたって言っていたでしょ」

「ビニールを開ける音など、見られていなければいかようにもなる。それに、新品に偽装していたんだ。仮に見られていたとしても、それらしい開封音は聞こえるだろう。おそらく今福さんは、食料ケースの下のほうに、その薬を塗った紙コップを置いておいたんだ。いくつも同じものがあれば、普通上から取っていくだろう？　実際に俺もそうした」

「どうやって偽装したの？」

「調べた時には異状はない……と思ったんだが、ある道具を使えば新品に装うことは可能だ」

「それは……？」

姫宮が右手の人差し指を顎に添える。

「シーラーだ」

「……あっ、土屋君が使っていた道具」

土屋は捕獲したミミズを入れた瓶の脇にビニール袋を置いていた。嫌気性細菌を採取したから、酸素が入らないようにシーラーを使って封をしたと言っていた。シーラーはビニール袋などの開口部を密封する道具だ。あの道具を利用すれば、一度開けたビニールの包装を元通りにできる。

「そうだ。シーラーを使えば、ぱっと見ではわからない程度には、一度開けた袋を痕跡を残さずに口に封をすることができる。もちろんこの島に上陸する前、自宅なりで細工したんだろう」

「あの道具なら、再度封をするのは可能でしょうね。僕のは小型の簡易タイプですが、業務用の本格的なタイプもあります」

土屋が蜂須賀の推測を後押しする。蜂須賀は目で土屋に礼を伝えた。

「昨夜、またもや俺たちは一度に眠りに落ちた。これはあまりに不自然で、即効性の高い薬を全員に盛ったんでしょう。今日の午前には警察が来ると知ったから、慌てていたはずだ。確実に事を成したかったし、俺を犯人に仕立て上げる工作も施したかった。就寝時間が迫り、土屋と猪熊さんが別の場所で寝ると言った際、今福さんは強く引き留めなかった。それもおかしい。これまでは強く引き留めることで誘発される反発心を利用していたのかもしれませんが。どちらにしても、昨夜はあっさりしすぎていた。これまでと同じ条件を作りたかったのでしょうね。

それに桐生《きりゅう》船長と話をする際、今福さんはなによりも警察がここに到着する時間を気にしていました。救助よりも先に、警察がいつ来るのかを訊《き》いていましたよね。自身に残された時間を、早く知る必要があった。さらにその後、雷田《らいだ》さんのドローンによってナイフが発見されてしまった。その際も今福さんは桐生船長と交信中でありながら、自分で確認しに行くと言いました。証拠隠滅を図ろうとしたのでしょうか。結局あの時は俺と姫宮がドローンのもとに行き、ナイフを掘り起こしましたが。ナイフが発見されてしまったために、速やかに水原さんの命を奪う方法を他に考えなければならなくなった。そこで考えついたのが、崖から突き落とすという方法です。俺が寝ている間に皆を眠らせ、水原さんを殺すつもりだったのでしょう。時間が来たら起こすようにしていたから、誰にも起こされない俺は眠り続けていたはずだ」

蜂須賀は土屋が抱えているタブレットＰＣを指差した。

「だが俺が起きてきて水原さんと交代した。そこで疲れきって眠っている水原さんを崖まで運び、突き落とした。もしかしたら、起きてしまった水原さんを脅して崖まで連れていったのかもしれませんね。いずれにしても、すり替えたタブレットPCに俺が犯人だと示唆する文章を打ち込む。いかにも水原さんが急いで逃げたと証明するように、平仮名だけの文章で」

今福は黙したままだったが、目の力が失われていっているような気がした。蜂須賀はたたみかけた。

「このタブレットPCは、今福さんが事前に用意していた端末なのでしょう。水原さんの愛用のタブレットで職場でも使っていたから、同じ機種を用意するのはたやすい。すり替えは水原さんを殺害する時だったはず。紛失時に落として傷がついたと水原さんは言っていました。その時、今福さんは近くにいたから聞こえていたに違いない。そのことを知って、状態を再現するために後から適当に擦《す》り傷をつけた。傷をつけたのは今福さんが寝る順番の時か、すり替えのタイミングでつけたか、どちらかでしょう。でも水原さんがカニに傷をつけられたという話は知らなかった。俺だけの話なら妄言だと一蹴されかねませんが、幸い土屋も証人です」

土屋が大きくうなずく。今福は眉を波打たせて、蜂須賀と土屋を交互に見た。

「おまえたちが口裏を合わせたんじゃないのか。本当はそんな傷なんかないんだろう」

「俺と土屋が？　こう言ってはなんですが、ここに来てからの俺たちの関係は今福さんがよくわかっているでしょう。事前に示し合わせるなんて、とてもできるような関係性ではなくなっていた」

断言された土屋が、少々渋い顔をする。

「それはわかっているが……。だから？　それでどうして俺が犯人になる？」

今福が拳を振りながら語気を強める。

「今福さんは自前の新型の小型船で奄美《あまみ》大島《おおしま》にも調査に行っていましたね」

今福は今回の調査の二ヶ月前に、主に西日本の島々を巡って単独で固有種の調査をしていた。その中に奄美大島が含まれている。自分の船なら自由に動き回れるし、単独調査だから他人の目はない。

「その船を使えば、事前に密上陸できたはずです。その際、奄美大島からフェリエベニボシカミキリの成虫かサナギなりを持ち込んでしまったのではないかと、今福さんは考えた。今にして思えばツチビノキの種子の時とは明らかに態度が違っていた。責任問題になることを怖れているのかと思いましたが、事前の密上陸が露見してしまうと焦ったのでしょうか」

「知らん。どうして密上陸なんて」

「調査の上陸前に行われる荷物検査から、ツチビノキの種子とナイフ、タブレットＰＣが発見されるのを回避するためでしょう。事前上陸で持ち込んだそれらは、初日の調査時に回収してテントに持ち帰った。あの日は皆、各自で調査をしていましたからね。一人で動ける時間が多くありました。ツチビノキはその時に俺のザックの底に仕込んだのでしょうか。まあ、そのタイミングしか考えられませんがね。

そうそう、三反園の注射針の痕。あれも俺に疑惑を向けさせるためにつけたんですよね。土屋が三反園の注射痕を指摘したので、相馬さんにはつけなかった。あの状況でさらに痕をつけるのは過度な演出になり、俺を陥れようとしていることが見破られかねませんから。ツチビノキ同様、俺が犯人である可能性もあると、皆に意識づけできればよかった。薬物に関しては俺を嵌《は》めるためにシリンジに殺虫薬を入れ、殺害時に打った……ってところでしょうか。

相馬さんが手荷物検査を提案した時も、今福さんは即座に賛成しました。その後、俺を擁護したのは、味方だと信じ込ませておき、こうして最後に俺を犯人に仕立て上げるためだった。

現にツチビノキの種子、注射痕、そして水原さんのメモを根拠に、土屋は俺を犯人だと糾弾しました。この結末を狙っていた今福さんは、待っていたとばかりに土屋に同調したんです。

フェリエベニボシカミキリの件は故意ではなかったのでしょう。ツチビノキの種子は調査の際にわざわざ宮崎県まで足を伸ばして手に入れた。もしくは去年の十一月にも鹿児島に行っていましたから、その時かもしれませんね。ともかく一度は宮崎県に足を踏み入れているはずです。現地まで行って目撃証言を得る必要があるかもしれませんが、それは警察の仕事ですね。

ところがカミキリを持ち込んでしまったとは想定していなかった。他に外来種が持ち込まれていないか、異様に気にしていました。俺たちはあれだけ細心の注意を払って上陸したんですよ。調査団の上陸時にカミキリの成虫が持ち込まれる可能性は、故意でもなければゼロに近いです。それに殺人事件が起きている中で、外来種の調査をさせるのは過剰な反応ですよ。俺が難色を示したのに、今福さんは俺たち全員の責任になるという、もっともらしい理由をつけて強引に調査を進めさせた」

「……それだけか？　もう終わりか」

今福が発したその声は、普段の彼とは思えないほどにかすれ、苦悶《くもん》に満ちていた。

「まだありますよ。密上陸の証拠です。島の西側の岩場に靴跡がありました。サイズがわかるような写真を撮ってあります。潮の満ち引きの高さは一定ではなく、毎日違いがあります。だから満潮時に消えると思った靴跡が、残ってしまうことだってあり得ます。時間が経《た》って踵《かかと》のほうは消えてしまったのかもしれませんが、強く踏み込んだのか爪先の部分がしっかりと残っていました。この靴跡、今福さんのご自宅にある靴と照合すれば持ち主がわかるでしょう。その際に、紙コップのビニール袋に残っている封の痕跡と一致するシーラーも発見できるかもしれませんね。ああ、これも警察にお願いしないと」

今福の眉が小刻みに動く。外堀を確実に埋め、本丸に攻め込んでいる。そんな手ごたえが蜂須賀にはあった。

「桐生丸で保管している凶器もあります。シリアルナンバーの件も含め、警察は徹底的に調べ尽くすでしょう。今俺が述べたこと、すべて警察に証言します」

数々の推理と論拠をぶつけられた今福は、下を向いて体を震わせた。焦点の合っていないような目を揺らしながら、崩れ落ちるようにしてしゃがみ込む。今の蜂須賀の推測を警察に証言されてしまえば、逃れられないと悟ったようだ。

今福は地面に爪を食い込ませたまま、悔しさからなのか頬をひくつかせながら歯を食いしばっている。

「今福さん、話してください」

今福は大きく肩を震わせ、項垂《うなだ》れた姿勢で口を開いた。

「……俺はこの島を守りたかった。この島の固有種を守りたかった……」

「島と固有種を？」

「三十年前にこの島に漂着したという大学生――。それは俺だ」

「え……」

この場にいる全員が言葉を失う。

ヨットで遭難して東硫黄島《ひがしいおうとう》に漂着した大学生というのは、今福だったのか。

「生物学、特に固有種の研究をしていた俺は、この島の神秘性に魅せられた。ここでの十日間は過酷だったが、人生の中で最も幸福な時間だった。一日中島を探索し、多くの固有種たちと接し、持っていたノートを何冊もいっぱいにした。俺は一人で独自の調査をしたんだ」

今福は島に上陸した後、「前回と変わっていないな」と呟《つぶや》いた。蜂須賀が聞き返すと、前回の全島調査の記録写真と比べて変わっていないと言っていた。そうではなく、三十年前に一人でこの島の調査をした時の感慨が思いがけず口をついて出てしまったのか。

「このまま救出されなくて良いとさえ思った。この島にたどり着いた時、島の豊かさを見てすぐに、外来種を持ち込まないよう、海に潜って種子や小虫は落としたし、ヨットや荷物を徹底的に洗浄した。自衛隊に救出された後、必ずここに戻ってくると誓った。ずいぶんと時間がかかってしまったが、今回の調査が実現し、俺は心の底から神に感謝したものだ。しかし――」

今福は髭の間から歯を覗《のぞ》かせて不敵に笑い、話し続ける。

「日本国内には外来種が溢《あふ》れ、固有種の保護を大きく謳《うた》っているにもかかわらず、もはやそんな場所はほとんど残っていないのが実状だ。この三十年、俺は嫌というほど思い知らされた。無残にも固有種が絶滅したり、外来種が跋扈《ばっこ》したりする地域を目の当たりにして、俺は絶望の底へと落ちていった。それはおまえらだって、わかっているだろう」

蜂須賀はあえて答えなかった。

絶望する気持ちはよくわかるが、今ここで今福に共感を示すわけにはいかない。姫宮や土屋、鷹取も同じ思いのようで、口をつぐんでいる。誰も応じないのを見て、今福は「はっ」と鼻で笑った。

「だが、この島はどうだ！　美しい海に守られ、固有種たちが躍動しているではないか。この地で固有種たちを守りたい。固有種たちの防人《さきもり》として生きたい。人を含め外来種の侵入を許してはならない。この楽園を汚すことは絶対に許されない！

三十年前に抱いた思いは募るばかりだった。それなのに、リゾート開発計画だと？　冗談じゃない。俺はこんな計画、端《はな》から反対だった。というより考えるにも値しない。しかし今回反対して見送りになったとしても、いつまた計画が蘇《よみがえ》るかわからない。計画を永遠に葬り去るチャンスがあるとしたら、今回のこの調査の機会をおいて他にない。

俺は考えた。外来種の侵入で致命的な失策を犯すのは、いつも人間だ。人間を寄せつけないことが最も効果的だと結論づけた。『殺人島』として呪われた島にしてしまえば、リゾート計画はおろか、今後人が立ち入ることは完全になくなるはずだ。事故死では甘い。殺人がいい。それも猟奇的な殺人であればあるほどいい。だから遺体にあのような措置を施した。まるで呪いをかけられたみたいだったろう？」

今福が殺人を認める発言をした。だが今福はさもそれが当然であるというように、大仰な身ぶりを交えながら縷々《るる》と語っていく。

「だから表面上では賛意を表明し、サウスリゾート社の社員を調査に同行させるよう誘いをかけた。彼らは獲物のように罠《わな》に掛かったというわけだ。俺はこの計画を潰すために殺人を考えたのではない。殺人を実行するためにこの計画を利用したにすぎない。どうせ殺すなら複数人のほうが効果的だ。そこで、裏でリゾート開発に賛成している三反園と、サウスリゾート社で計画を推進している相馬《そうま》を殺そうと考えた」

「三反園が？　本当なんですか」

三反園がリゾート開発計画に賛成していたことを、一貫して否定していた土屋が声をあげた。

「本当だ。相馬は三反園に金を渡していた。評議会で賛成票を入れてもらうために。私のところにも金を持ってきた。追い払ったがね」

「嘘《うそ》だ」

今度は猪熊が叫んだ。相馬に尊敬の念を持っていたかのような猪熊だけに、裏取引など俄《にわか》に信じられないのだろう。

「事実だよ。相馬が話してくれたからね。仕事熱心なのも困りものだよ。それとも君の会社ではこうした取引が常態化しているのか？」

「知らない。俺は何も知らない」

「下っ端風情では関与できないのだろうな」

「何だと」

猪熊が今福ににじり寄り、胸倉をつかんで立たせようとする。今福は卑しむような目を向けた。

「金の次は暴力かい。なんて会社だ」

「猪熊さん。やめたほうがいい」

蜂須賀が腕を伸ばし、興奮している猪熊を今福から引き剝がした。

「今福さん。殺人を犯した結果、人が寄りつかなくなった島……あなたはそれでいいのですか。それに、そのような個人的な願望のために、三人を殺す必要があったんですか」

「私はこの島に誰も来なくなった後、ここで一人で生活するつもりだった。固有種たちに囲まれ、三人を弔いながら一生を終えるつもりだった」

「そんなこと……」

非現実的で妄想じみた考えを平然と打ち明けていく今福に、蜂須賀はこれまでに経験したことがないほどの気味の悪さを感じた。

「蜂須賀に罪をかぶってもらおうと、まずは事前に持ち込んだツチビノキの種子をザックに忍び込ませた」

「いつですか」

「蜂須賀が言ったとおり、初日の調査中だ。蜂須賀は島の中にトラップを仕掛けて回っていた。俺は一度ベースキャンプに戻り、誰もいないのを確認して蜂須賀のザックに入れた。ベースキャンプの位置は三十年前に俺が十日間を過ごした場所を選んでいた。そう、これもおまえが言うように俺は上陸の十日前の夜、事前上陸していたんだよ。俺の小型船なら島の近くまで寄せられるからな。一度の給油で三千キロを航続できる低燃費の新型船だ。数千万もしたおかげで借金がかさんだが、残りの人生はここで暮らすのだからカネという概念は必要ない。上陸した後、ベースキャンプの候補地の近くにツチビノキの種子とナイフ、普段使っているものとは別のシリンジと注射針、タブレットPCを隠しておいた。三十年経っても変わらないこの地は、暗くても俺にとっては勝手知ったる場だからな」

ベースキャンプの位置は、今福が漂着した時に過ごした場所だったのか。「変わっていない」などと、感慨が口をついて出てしまったのもうなずける。それに、やはり事前上陸をして種子と凶器などを持ち込んでいた。

「どのように三人を殺したんですか」

蜂須賀の問いに、今福は溶けてしまいそうな笑みを浮かべた。

「知りたいか？」

「ええ」

「素直でよろしい。いつもそうだったら良かったんだがな。教えてやろう。ただし、怒るなよ」

今福は皆の顔をひととおり眺めてから、上機嫌な声で話し始める。

「まず三反園だな。あいつには前もって相談があると伝えておいた。今回の調査が成功した際には、三反園の出世の後押しをしたい。せっかく島に行くのだから、現地で二人で話がしたいとね。あいつは乗り気だった。深夜一時にテントを出るように伝え、二人であの場所に移動した。巣に戻ってきた鳥の鳴き声がうるさくて、俺たちの声や足音は聞こえない。そのことも事前上陸で念入りに調べた上だったがね。そして油断しきっている三反園の胸にナイフを刺して殺し、種子を口に詰め込んだ。おまえの考えたとおり、蜂須賀に疑いを向けるよう殺害と同時に殺虫薬を入れたシリンジで注射を打ち、捜索時には第一発見者にするため西に向かわせた」

三反園の上昇志向を利用して呼び出したのか。今福は事前の密上陸の際、どのように事を進めていくのかをすでに考えていた。すべては今福の殺人計画に沿って、さまざまなことが進行していたのか。

「次に相馬の番だ。睡眠薬とシーラー……おまえの想像どおりだ。自宅で紙コップの内側に、短時間作用型のブロチゾラムと、中間作用型のフルニトラゼパムの二種類の睡眠薬を溶かしてそれぞれ塗り込んだ。そう、眠りに落ちる時間に差を作るためにな。そのコップは相馬を殺した夜に使用した。念のため、フルニトラゼパムの量を多く仕込んだコップも用意していた。昨夜皆が一気に眠りに落ちたのはそのためだ。ナイフが発見されてしまったために南の崖まで移動する必要が生じたから、それを使った。それにしても、睡眠薬の量の調節は苦労したな。極度の精神的、肉体的な疲労によって入眠作用は充分にあると踏んだが、いずれも長時間眠られてはかえって怪しまれる。東硫黄島の調査が決まってから知人の医師に複数の薬を融通してもらい、数ヶ月かけて俺自身を実験台にしてベストの量を探り当てたんだ。いやあ、大変だった」

今福はその折の労苦を思い返すような目をして続けた。

「後は……偽装だな。紙コップはシーラーで封をして新品同様に偽装した。束の一番下のコップには睡眠薬を仕込まずに、内側に爪で傷をつけておいた。俺が飲む際にはそれを使った」

「一番下……」

蜂須賀はずっと新品の紙コップが使われているかという点を注視していた。封を開けるところを確認した後、当然紙コップは重ねられた束の上から順番に取っていくものだと思っていた。蜂須賀が紙コップを取り出した時もそうだし、普通ならばそのようにするだろう。だから開封後の動きまでは注意を向けていなかった。今福はさりげなく一番下のコップを抜き取り、自身はそれを使用していたのだ。ケースの中にある紙コップもそうだが、上にあるものから順に取っていくという一般的な認識の裏をかいていた。

それに相馬が死んだ日、コーヒーの入ったコップを最初に手に取ったのは今福だった。仕込んでいるコップをあらかじめ知っていたからだ。

　蜂須賀の呟きを味わうように、今福は満足げに髭をしごいている。

「案の定、蜂須賀が寝た後、姫宮君もすぐに眠りに落ちた。テントで寝ている二人はよく眠っているようだったから起きる心配はなかったが、それでも三十分で事を成そうと急いだ。三反園を刺したナイフを掘り起こし、すぐ近くに隠しておいた浜で捕まえたオガサワラモクズガニを入れたケースを手に、砂浜に走った。相馬は一人で起きていた。相馬たちが上陸地点の砂浜に近い木の下で寝ているというのは、三反園が死んだ後に桐生丸の様子を皆で見にいった時に知ったから、あらかじめ把握していた」

　あの時だ。蜂須賀は木々の下に寝袋が二つ並んでいるのに気づいた。今福と姫宮、水原もそのほうを見ていた。

「相馬は砂浜に座って、明かりの灯《とも》る桐生丸のほうを眺めていた。ちょうど上陸地点の辺りで、足跡が多くついている場所だ。俺はほくそ笑んだ。猪熊は限界がきている頃だと思ったからな。案の定、猪熊はすっかり寝入っているようだったから、背後から近づくのに何の造作もなかった。カニのケースを浜に置き、声をかけると相馬は振り返った。俺が『桐生丸の様子が気になって』と言うと、彼女は何の疑いも持たずに『私もですよ』と微笑みながら答えた。その直後、彼女の胸を刺した。じつにたやすかったよ。刺されて初めて彼女は悟ったようだったが、時すでに遅い。倒れた彼女の胸から、返り血を浴びないように背後にまわってナイフを引き抜いた。注射の痕はつけなかった。俺の企《たくら》みどおり、土屋は蜂須賀を疑い続けていたからな。それ以上の仕掛けは不要と判じた。そしてすぐに、カニの手脚をちぎって口に詰め込んだ」

「この野郎！」

猪熊が雄叫びのような声をあげ、今福に突進していく。すんでのところで蜂須賀と土屋が猪熊を押さえつけ、「やめましょう」と宥《なだ》める。

今福は猪熊を軽蔑するような目で見つめ、「怒るなと言っただろうに」と吐き捨てて話を再開する。

「相馬を殺した後、とって返して凶器を埋めた。時間がなかったし、水原君を殺す際に使おうと考えていたから、血の拭き取りが疎かになってしまった。まさかドローンに発見されるとは思っていなかったがね。雷田の腕前はたいしたものだ。俺が行って隠そうとしたのに、蜂須賀に先を越されてしまった。大いに苛《いら》ついたぞ」

今福はその折を思い出したのか、憎しみを込めたような目をしてから続きを語る。

「ドローンといえば鷹取だ。俺を騙《だま》しやがって。初日の夜、鳥の観察をして零時頃に戻ったのは把握していたが、また起きて来ないかと気を揉《も》まされたぞ。そればかりか鳥の調査と偽って船と交信を……。おまえに憤っていた俺が馬鹿みたいだ」

今福の悪態に、鷹取は悲哀を込めた目で応じた。今福は「まあいい」と言い、

「最後に水原君だな……。蜂須賀が起きてきたが計画に影響はなかった。俺は全員が寝たのを確認した後に手袋をはめ、事前上陸の際に隠しておいた同じタイプのタブレットＰＣを自分のテントから出してから、水原君を起こした。コーヒーをほとんど飲まずに寝たから、すぐに起きたよ。俺は調査に使うハサミを突きつけ、二台のタブレットＰＣを彼女の両手に持たせた。手を塞いでおけば、よけいなことはすまいと考えた。それに俺の用意したタブレットＰＣに彼女の指紋をつけられるしな。この崖まで移動し、俺が用意したタブレットＰＣを取り返すと、彼女の愛用のタブレットＰＣに俺が言う内容を書けと命じた。それが、『はちにころされる』だ」

「そんな……」

姫宮が悲痛な声をあげた。今福はその声すら満足げに聞いている。

「水原さんは拒否したんですね」

蜂須賀が言うと、今福は忌々しそうに舌打ちをした。

「水原君は……『絶対に書かない』と叫び、自分のタブレットＰＣを抱えたまま崖から飛んだ」

「何だって」

声を出したのは土屋だった。握った拳が震えだしたかと思うと、今度は土屋が今福に向かって突き進み始めた。

「待て、土屋」

蜂須賀は咄嗟《とっさ》に土屋の手首をつかんだ。

「離せ！　僕は、僕は……こいつを！」

「わかる。わかるが、やめるんだ」

蜂須賀が手に力を込めた。土屋は呪わんばかりの目つきで今福を睨んでいる。今福は醜く笑い、

「ほんとに、皆怒りっぽいな。だが俺にここまで話をさせたからには、おまえたちにはすべてを聞く義務がある。俺の成果発表の場なんだからな」

まるで学会発表のような気分なのか、今福は奇妙な理屈をつけて先を話していく。

「タブレットＰＣごと海に落ちてしまっては仕方がなかった。まあ、不足の事態も起きるだろうと、念のために予備のタブレットＰＣを用意しておいて正解だったよ。そのタブレットＰＣに蜂須賀の犯行を示唆する文章を打った。調査データは初日に水原君から聞いていたから、内容を暗記して、それらしいデータを作っておいた。どうせ彼女は殺すつもりだったし、適当な記述でいい。それに三反園が殺されたら調査などしていられないだろう。だから一日分の調査記録があれば充分だった」

その日の報告を今福にするよう決められていた。報告が行われたのは初日だけだったが、今

福は水原がタブレットPCに作成した報告書を熱心に読み込んでいた。お互いに専門とする海洋生物と湖沼生物には共通点が多いから興をそそられたのかと思ったのだが、内容を記憶するためだったのか。報告を義務づけたのも水原の調査内容を知るためだったのかもしれない。

「しかし……自然を守るためとはいえ機械……タブレットPCを使ったことが裏目に出てしまったようだな。やはり機械は駄目だ。駄目だ、駄目だ、あんなものは駄目だ」

　今福は侮蔑するように言ってから、すぐに何かを思い出したような目をした。

「ああ、機械といえば島への移動中に桐生丸の衛星電話、ドローン、ボートを見た目にはわからないよう使用不能にしておいた。コードや回路を切断したり、微細な穴を大量に開けたりしてな。遭難が目当てではなく、最終的には桐生丸にピックアップしてもらうつもりだったから、数日で修理できるほどの状態にした。その間に計画を実行するつもりだったからだ。それにしても団長という立場は便利だな。どこにいようが、誰も疑わないんだ。おかしいだろう」

　今福が大笑いし始めた。その様子を皆、無言で見つめ続ける。ひとしきり笑った今福は「そうそう」と言って、

「無線機とシリンジ、注射針は沼に棄《す》てたよ。ナイフは、そう……発見されてしまったから、別の方法に変更せざるを得なかった」

　蜂須賀は自分の推理がことごとく当たっていたというのに、嬉しさなど微塵《みじん》も覚えずに、か

えってむなしさすら覚えていた。調査団の中に犯人がいなければ良かったのにという思いが、そういう気分にさせているのかもしれない。

「どうして……どうして水原さんまで殺したんですか」

黙って聞いていた姫宮が鋭い口調で訊ねる。今福は「簡単な問いだな」と高笑いし、

「常にタブレットＰＣを持ち歩いていたからだ。蜂須賀に罪を着せるには、決定打が必要だった。そのために蜂須賀が犯人だと仄《ほの》めかす文章を誰かに遺《のこ》してもらおうと考えた。本当は水原君が使っていたタブレットＰＣに文章を打ち込んでおきたかったんだが、飛び降りられてしまってはな。まあ特段、水原君自身に恨みなどはなかったが」

「ひどい……」

「水原さんはきっと、飛び降りる前にヘアピンを外して崖の上に投げ捨てた。自分はここにいたんだと俺たちに知らせるために。現に俺はヘアピンを見つけて、海に浮かぶ水原さんに気づいた。水原さんは今福さんにどれだけ失望し、そして絶望したか。そんな中でも俺たちが見つけてくれると信じて、ヘアピンをここに……」

蜂須賀は今も崖の上に置きっぱなしになっているヘアピンに視線を向けた。

目を真っ赤にした姫宮が力なく近づくと、ヘアピンを手に取り、慈しむようにして手のひらにおさめた。

「今福さん。……三反園に水原さん、ともに研究者として仕事をしてきた仲間を殺すことに、躊《ちゅう》躇《ちょ》はなかったんですか」

蜂須賀は土屋の手をつかんだまま今福に問いかけた。今福が発言するたびに土屋が向かっていきそうになるため、放せずにいた。

「所詮仕事だ。俺は仲間とは思っていなかったが。それはおまえたちに対してもだ」

今福は平然と言ってのける。今日この時が来る直前まで今福を信頼していた蜂須賀は、表現しようのない寂しさを感じた。土屋の腕から力が脱《ぬ》けるのがわかった。土屋の目も怒りから悲しみへと変化している。蜂須賀が手を離すとすぐ、土屋の手がだらりと垂らされた。

「……水原さんは悔やんでいました。僕とタブレットＰＣを探しにいった時、相馬さんに悪感情を持ったことを。殺された三反園や、僕の地元の小笠原に対する彼女の言動に憤慨し、それを露骨に態度に出してしまっていた。僕や三反園のために怒ってくれたのは嬉しかったんですが、自分のせいで相馬さんが殺されたんじゃないかって……。でもそうじゃなかった。相馬さんは最初から今福さんに狙われていたんだ」

水原は珍しく感情を露わにしていた。相馬への憤りは感じ取れたが、そんな自分に自己嫌悪を抱いていたようだ。相馬が殺された時の表情も、ショックを受けてのものだったのだろう。水原を信じていた姫宮が正しかった。彼女をも疑っていた蜂須賀は心に痛みを感じ、内心で深く頭を下げる。

「今福さんにとって、私たちはそんな存在だったんですね。だから二人を殺せたし、その罪を蜂須賀さんになすりつけるような真似までできた」

　姫宮が静かな怒りを込めたような声色で言う。

「そのとおりだよ」

　今福はあっけらかんと答えた。

「どうして蜂須賀さんなんですか」

「他の者を犯人に仕立て上げた場合、今回の計画を蜂須賀に見破られるかもしれないという予感があったからだ。変に勘が働くし、最も危険な人間に思えたからだ」

「危険……？」

「事実、こうして蜂須賀に看破された。三反園は出世への嫉妬、相馬はリゾート計画の阻止、水原は痴情のもつれ……警察から蜂須賀の犯行動機を問われた時は、そう証言してやろうと考えていたんだ。だが俺の懸念は当たった。そもそも連れてきたのは失敗だったし、本当に殺すべきは蜂須賀だったのかもしれない」

「そんなことを言われても、俺はまったく嬉しくないですよ」

　今福はニカッと笑った。彼の心は完全に崩壊しているように思えた。

――いや……これが素の今福の姿なのかもしれない。

「あとは事前の準備だな。ツチビノキの種子は去年の十一月、鹿児島での調査のついでに、宮崎県まで行って採取してきた。ツチビノキが種子を宿すのは十一月頃だからな。自宅の冷蔵庫で保管していたんだ。そしてこの調査が始まる十日前に、ツチビノキの種子とナイフ、タブレットPCなどを隠すため、島々を船で回った後にここまでやってきた。島の西側に船を停泊させてボートで上陸した。岩場だから上陸には苦労したがな。痕跡を残さないようにするには、あの岩場が適している。

上陸時に足跡ができたのは覚えているが、硫黄島には自衛隊の航空基地がある。かつて俺を救出してくれた自衛隊だが、彼らに気づかれる前に迅速に行動しなければならない。仮に発見されても遭難を装うつもりだったが、少しでも時間を節約するために、足跡は自分で消すのではなく波に任せることにした。満潮時にどの程度水位が上がるかを前もって調べていたから、足跡は波で消えるはずだったんだ」

今福は誤算を悔やむように、握った拳を苛立《いらだ》たしげに振った。

「奄美大島での調査でフェリエベニボシカミキリも調べた。湖沼生物ではないが、珍しい昆虫だからな。そのため、カミキリの成虫やサナギなりを俺が事前に上陸した時に持ち込んでしまったのかと怖れた。そんなことになれば、生態系に影響が出る。だからカミキリの採取を最優先にしたかった。他に持ち込んでしまっていないか、これから俺が住まうこの島の生態系を乱してしまったんじゃないか、不安で仕方なかった。だが、他に外来種は発見されなかった。俺の楽園は楽園のままだ」

今福は顔を上げた。晴れ晴れとした瞳で皆を見渡してから言った。

「これが……俺の計画と成果のすべてだ。そして、すべて終わりだ」

「違いますよ、今福さん。これからです。あなたは罪を償わなければならない」

蜂須賀が厳しい口調で咎《とが》めると、今福は懇願する目を作った。

「もし極刑になったら、遺骨をこの島に撒《ま》いてくれないか」

「三人も殺しておきながら、よくもそんなことを」

激高した土屋が今福ににじり寄る。蜂須賀は土屋を手で制して今福に言った。

「すべてが決まってから、しかるべき人にお願いしてください」

今福はゆらりと立ち上がり、大きく息をつく。

「ならば仕方がない。おまえたちとも、これでお別れだ。肉体は朽ちようとも、俺の魂はこの島で永遠に生きる！」

今福が崖に向かって走り始めた。飛び降りるつもりか。

「させるか！」

蜂須賀は叫び、今福の背に向かって腕を伸ばした。が、わずかに足りない。

指先が今福の残像をかすめる。

飛び降りる——と思った時、今福は地面の段差でつまずき、バランスを崩した。

蜂須賀はもう一歩踏み込んだ。

今福のシャツの裾をつかみ取り、手前に引っ張る。

動きの止まった今福の横から土屋が飛びかかり、蜂須賀と二人で取り押さえた。三人で横倒しになった。

蜂須賀と土屋に組み伏せられたまま、今福が唐突に笑いだした。

「一度ケチがつくと、すべてがうまくいかなくなるもんだ」

空を見つめている今福の目から、涙が溢れ出す。

彼の狂ったような笑い声は、崖の周囲を飛んでいるオナガミズナギドリら、海鳥たちの鳴き声に掻き消されていった——。

2

蜂須賀たちは今福をベースキャンプに連れ帰った。

今福をテントの前に座らせ、抵抗したり逃走したりしないように見張る。テントの中に入れなかったのは、また自ら命を絶とうとするおそれがあるためだ。

無線免許を持つ鷹取が簡易無線機を使い、桐生船長に今福が犯行を認めたと伝えた。驚愕のあまり声もなかった桐生だったが、この事実も警察に伝えてくれるという。また、予定どおり今日の午前中に警察が到着するそうだ。蜂須賀たちは今度こそ心の底から安堵《あんど》した。

水原の遺体は引きあげられなかった。崖から下りる術《すべ》がなかったからだ。西側の岩場も波が高く、崖のほうへ近づけなかった。警察が来たら速やかに回収をお願いすることになった。

「ヘリが来たよ！　桐生丸に向かっているね。青い機体の『おおとり』かな。警視庁航空隊のヘリだ」

午前十時になろうとする時、双眼鏡を手にした鷹取がベースキャンプに走って戻ってきて告げた。

「桐生丸に警官を降ろし、ボートで来るつもりだろうね」

「鷹取さん、ヘリにも詳しいんですか？」

姫宮が感心したふうに訊ねる。

「空を飛ぶものは大抵好きだよ」

「へえ……」

「浜に行こう」

蜂須賀が皆を促す。今福を連れて、全員で北側の砂浜に移動した。ヘリの機影が見える。鷹取が双眼鏡を目に当てた。

「桐生丸の向こうにもう一隻、船がいるよ。父島《ちちじま》の大学関係者が出した船かな。救助用のボートと警官を運ぶボートを積んできたんだと思うよ」

「外来種の持ち込みに配慮してくれているようだな」

「良かった。心配してたからね」

姫宮が安心したように口元をゆるめた。

警官たちは大学関係者が用意した二艘《にそう》のボートでやってきた。蜂須賀たちが上陸したように、五十メートルほど先からウェットスーツ姿の警官が海に飛び込んだ。屈強そうな彼の体にはロープがくくりつけられている。上陸したら杭《くい》を打ち、後続の警官の上陸をしやすくするためだ。最初に蜂須賀が担当した役割だ。

警官たちは皆、ウエットスーツを着込み、背中に大きなザックを背負っている。鑑識などに使う道具が入っているのだろう。

「こんな臨場の仕方は警察の捜査史上、初めてじゃないか？」

蜂須賀が目を細めると、胸の前で手を組んで警官たちを見守っていた姫宮も表情を崩した。

一人目の警官が砂浜に上がってきた。蜂須賀が歩み寄る。

「ありがとうございます。杭を打つんでしょう？　手伝いますよ」

「助かります。遅くなり、申し訳ない。早く来ていれば今朝の事件は……」

「そうは思いますが、このような場所です。各所への調整は時間がかかりますからね」

蜂須賀と警官で杭を打つ。ボートから伸びるロープを伝って、後続の警官たちが次々と上陸した。十人以上いるだろうか。彼らは皆、ずぶ濡《ぬ》れの状態だ。土屋と姫宮が手分けしてタオルを渡す。

海水を拭き終わって点呼を取った後、四十歳前後の目つきの鋭い警官が調査団のメンバーに話しかけた。

「狩屋《かりや》です。事情は桐生船長から伺いました。被害者の方にはお悔やみ申し上げます」

「蜂須賀です。お電話の際は失礼しました。今福さんはあちらに」

鷹取と猪熊の間で、今福が項垂れている。狩屋は今福に近寄って訊ねた。

「今福さんが殺人を犯したというのは事実ですか」

「はい。自分がやりました。三人の命を奪いました」

今福は顔を上げ、棒読みのような調子で狩屋に自白した。今福の顔から表情というものが消え失せていた。

「そうですか。この後、詳しく聞かせてください」

「この島で死なせてくれませんか」

「そういう話は東京に戻ってから伺《うかが》いましょう」

「ここで聞いてはくれませんか」

「残念ながら」

今福の瞳に絶望の色が浮かぶ。狩屋が顎をしゃくると、若い警官たちが今福を取り囲んだ。

「現場検証に立ち会ってください。一度この島を出てしまうと、もう戻って来るのは難しいですから。今回は国と都から特別な許可をいただいています。しっかり検証しますので。蜂須賀さんたちも、いいですね？」

「協力は惜しみません」

蜂須賀、土屋、姫宮が中心となり、三人の遺体のある場所やベースキャンプを案内した。三反園と相馬の遺体はかなり腐敗が進行していた。検視官が死因を調べた後、別の大きな袋に入れられた。相馬の遺体が袋の中に納まった時、猪熊の目から止めどなく涙が溢れた。

水原の遺体はボートを使って回収が試みられた。波が高いために難航していたが、何とか引きあげられた。

「水原さん、怖かっただろうな」

遺体を乗せたボートが北の砂浜に近づいてくるのを見ながら、姫宮が水原の気持ちを慮《おもんぱか》る。

「ああ」

「私、行ってくる」

ボートから砂浜に運ばれた水原の遺体を、姫宮が迎えた。グレーのシートに寝かされた水原は岸壁に衝突したためか損傷が激しく、無残な姿に変わり果てていた。

「水原さん！　水原さん、水原さん……」

姫宮が水原の遺体に取りついて泣きじゃくる。仲の良かった二人だ。水原の死と姫宮の心の内を思い、蜂須賀も目頭が熱くなった。いつの間にか土屋がすぐ横に来ていて、歯を食いしばって涙をこらえている。

その時だ。水原の遺体のそばにオガサワラモクズガニが一匹、寄ってきた。その死を悼むように何度かハサミを振る。姫宮は泣きながら、愛《いと》おしむような目をカニに向けた。

「傷をつけてくれたおかげで事件を解決できたよ。ありがとう」

姫宮はカニに礼を言うと、ワークパンツのポケットの中からヘアピンを取り出した。水原の濡れた髪をそっと撫でる。「ほんと、かわいいんだ」と語りかけ、優しい手つきでヘアピンを留めた。しばらく彼女を見つめた後、姫宮は腕で涙を拭きながら立ち上がった。

「現場検証の続き。手伝おう」

「いいのか？」

「動いてないと、いろいろ考えちゃうし。もう大丈夫」

「わかった」

「僕、もう少しだけ水原さんといます」

土屋が目を伏せたまま、ぽつりと言った。

「ああ、土屋がそばにいてやると心強いだろう」

蜂須賀が応じると、土屋は顔を背けた。一瞬、涙が頬を伝うのが見えた。

「行こう」

蜂須賀と姫宮は狩屋刑事たちのもとへ向かった。

三人の遺体はしばらくしてから警官たちがボートまで運び、桐生丸へと向かっていった。三反園と相馬の遺体のあった場所にはロープを使って人の形が作られていた。

狩屋刑事たちは今福を伴い、いつどのように殺害したか、逐一説明させている。

無線機とシリンジ、注射針は沼から引きあげられ、睡眠薬を仕込んでいた紙コップもベースキャンプからやや離れた土中から発見された。このまま土に還すつもりだったらしい。

刑事たちも島内での活動の勝手がわかってきたようで、これ以上蜂須賀たちが手伝う必要はなさそうだ。

二人はベースキャンプのほうへ足を向けた。

「蜂須賀さん、海を見にいかない？　ここももう最後だし」

「おう、行くか」

北側の上陸地点に近い、小高い丘に登った。鷹取が桐生船長からの手紙を受け取った、オナガミズナギドリが営巣している場所だ。

果てしなく広い海原が、視界いっぱいに広がっている。

桐生丸と父島の大学施設の船が並んでいた。ヘリの姿はなくなっている。刑事たちの現場検証が終わるまで、硫黄島《いおうとう》にある自衛隊の飛行場で待つのだろうか。

二人は黙したまま、ただ海を眺め続けた。

潮の香りがする。ずっと嗅いでいた匂いだったのに、やけにはっきりと感じとれた。

蜂須賀は空を見上げた。白い海鳥が飛んでいる。

どうしようか――。

姫宮に言おうかどうか、ずっと迷っていた。この島で二人になれる機会は、おそらくもうないだろう。やはり、今言わなければならない。

「姫宮。固有種を守るためとはいえ、今福さんはやりすぎた。間違ったやり方で守ろうとしても、いずれは瓦解する。地道に外来種駆除を継続していきながら、啓蒙活動と違反者の取り締まりをしていくしかない」

「うん」

「ここは固有種の楽園だ。外来種の持ち込みは許されない」

姫宮は海を見つめながら、風に靡《なび》く髪を手でおさえた。

「そうね。今福さんが持ち込んだツチビノキの種子の残りが本当にないか、ちゃんと探さないとね」

「ああ」

蜂須賀も海を眺めた。

そして、言った。

「フェリエベニボシカミキリを持ち込んだのは姫宮だろう？」

姫宮の視線が蜂須賀に注がれた。蜂須賀は顔を横に向け、姫宮の目をしっかりと見返す。

「どうして私が？」

姫宮が首を傾《かし》げる。疑われて怒っている様子はない。なぜ蜂須賀がそう考えたのか、知りたいといった表情だ。

「カミキリを発見した時だ。姫宮はフェリエベニボシカミキリを知らないようだったが、そんなはずはない。あの時も言ったが、大学の試験に出たんだ。翌年のテストに出たという話を当の姫宮から聞いたんだよ。拍手をしながら『珍しく当たった』と騒いでいた。それなのにまったく知らないというのはおかしいだろう。

それに小さな島とはいえ、偶然あのカミキリに出くわしたのは不自然だ。あの直前、姫宮が場所を変える提案をして先導していった。カミキリを放った近くに誘導して、俺に発見させようとしたんじゃないか？　あそこは沼地のそばだ。両生類がいるかどうかを調べていた姫宮が調査をしていた場所に近い。放ったとしたら、その時だろう。カミキリを捕まえた翌日、他にいないか気にしていたのも変だと思った。さらに、俺をかばってくれた時、先月末に九州地方――熊本県に行ったと言っていたな。スケジュールの共有はせず、奄美大島に足を伸ばしたんじゃないのか。フェリエベニボシカミキリは梅雨の半ばくらいに成虫になる。奄美大島の梅雨は平年五月十日前後から六月下旬。時期も一致する」

姫宮は否定するかと思ったが、「ふふっ」と笑った。

「気づいちゃったか」

蜂須賀は太い息をつき、腕を組んだ。

「どうしてそんなことを」

姫宮の表情が悲しげな笑みに変容していく。

「私もね、この島を守りたかった。この島の素晴らしさを多くの人に知ってもらいたい気持ちはあるけれど、それより誰にも触れさせてはいけないと思った。そういう意味では今福さんと同じ心境。フェリエベニボシカミキリを選んだのは、九州に調査に行く前、まさに試験に出たことを思い出したからなの」

「ちゃんと覚えていたんだな」

「当然。それに、日本中どこにでもいる虫ではなくて、東硫黄島と環境が似ている奄美大島にしかいない種なら、生態系を大きく崩しはしないと思った。だから仮にすべてを見つけられなくても、同じ亜熱帯海洋性気候だし、新たにこの地に定着した種として適応して生きていくと考えた。でもサウスリゾート社の人たちは、固有種だけが生息する島というブランドが傷つけられたと判断するはず。それに期待して持ち込んだの」

「リゾート開発計画を潰そうとしたと?」

「端的に言えば、そう。ささやかな抵抗だけどね。でも、効くと思った」

「現に相馬さんと猪熊さんはカミキリの発見に動揺していたが……。どうやって持ち込んだんだ?」

「小型のケースに一匹ずつわけて、下着を入れた袋の中に隠した。そこはチェックが甘くなると思ったから。船内で世話をするのはちょっと大変だったけどね。何とかこっそりと」

「なるほどな……」

蜂須賀は頭を掻きながら、姫宮の執念に半ば呆《あき》れ、半ば感心して苦笑した。

「カミキリを放った場所に誘導したというのは、蜂須賀さんの指摘どおり。すぐに見つけてくれると思ったから」

「そりゃ、赤くて目立つ虫だしな。しかし、フェリエベニボシカミキリの存在が今福さんの焦りを誘った面もある。姫宮が奄美大島に行っていたなんて、今福さんは思ってもいないだろう。今福さんからしてみたら、フェリエベニボシカミキリを持ち込んだのは、自分の失策だと思っていただろうからな。だが成虫やサナギの状態で船に紛れ込み、さらに島へと運び込まれる……というのは偶然にしても無理がある。そのことも俺はおかしいと思ったんだ。だから今福さんを追及する時、俺はすでに姫宮が持ち込んだんだろうと推測していた。焦りを利用しようとして、あの場では今福さんの責任のように話したんだが」

「それ。てっきり蜂須賀さんは、今福さんが持ち込んだんだと信じてると思ったんだけど」

「駆け引きだよ。まあ、姫宮の気持ちはわかる。ただ、カミキリは奄美に返すべきだな」

「うん、そうする……って言いたいところだけど、ごめんなさい。ここからが問題なの」

姫宮が深刻そうな顔に移る。

「何だ？」

「やっぱり、ここは本来いる固有種たちの楽園だよ。どんな種類であれ、外来種を持ち込んではいけない。蜂須賀さんの言うとおりだよ」

「それで？」

「私が持ち込んだカミキリは五匹。あと二匹、どこかにいる。だから、他にいないか気にしてたの」

「何だって」

蜂須賀は島の中心にある沼地のほうを振り返った。カミキリはあの辺りにいた。

「すぐに採取しないと」

「蜂須賀さん、樹液や蜜とか持ってる？」

「ある。そうか、仕掛けを作るか」

蜂須賀と姫宮は急いでベースキャンプに戻った。

土屋と鷹取が帰り支度をしている。蜂須賀は「どうする？」と姫宮の顔を窺《うかが》った。が、姫宮は二人に自分のしたことを迷わず打ち明けた。

「本当にごめんなさい。で、私が頼むような筋じゃないんだけど――」

「捕まえるのを手伝って、ですか？」

意を汲《く》んだ土屋だったが、真顔のまま応じた。

鷹取は「うん、うん」とうなずいている。

「お願いします」

姫宮が二人に深々と頭を下げる。

「姫宮さんがやったことはともかく、僕もこの計画には断固反対だったんだ。だから姫宮さんの思いは理解できます。今は何もしたくない気分なんですが、水原さんなら『早く探さなきゃ！』って言うと思うんです。きっと三反園も。だから、手伝います」

「私もだ。さっそく探そう」

土屋と鷹取が請け合ってくれた。

「土屋君、鷹取さん、ありがとう」

姫宮が二人にもう一度頭を下げる。蜂須賀はザックの中から樹液パックと二本の刷毛《はけ》を手に取った。

「あと二本あるといいんだが」

「僕、ありますよ。土壌生物を採取する際に土を払うやつですけど、この際ですから代わりに使っちゃいましょう」

土屋がサイドバッグから二本の小さな刷毛を取り出した。

「ありがたい。場所は沼地のほうだ」

道具を持って四人で沼地へと向かった。

途中、蜂須賀は隣を歩く姫宮に言った。

「環境が変わったから、広範囲には移動していないかもしれない。だが、あの後も発見できなかったから、捕まえられるかは微妙だな」

「警察の現場検証が終わるまでに見つけないと」

「何とかやってみよう。手分けして樹液を塗るぞ」

蜂須賀たちにとっての現場に到着した。あの時、姫宮が連れてきた場所だ。皆で刷毛を手に持つ。蜂須賀がシャーレに樹液を取り分けて、それぞれの手に渡す。その場で周囲に散り、木の幹に樹液を塗っていく。

沼地を中心に半径二百メートルほどの範囲の木々に樹液を塗った。

しばらくすると、塗った場所にチョウや甲虫などの虫が集まり始めた。しかし、フェリエベニボシカミキリはやってこない。

「なかなかこないな」

「塗ったばっかりだしね」

蜂須賀と姫宮は樹液を塗った木々を見て回った。それらの近くに聳《そび》えるオガサラワビロウを見上げながら、蜂須賀は気になっていたことを姫宮に訊ねた。

「ずっと俺と行動をともにしていただろ？　それって、俺が犯人ではないと思ったからか」

「そうだよ」

　姫宮は事もなげに答えた。

「ツチビノキの種子が蜂須賀さんのザックから出てきたでしょ。犯人が蜂須賀さんに罪を着せようとしているのは明白だった。だから蜂須賀さんは犯人じゃないと思ったし、犯人は蜂須賀さんに危害を加えないと考えた。罪を着せようとしている人間を殺すはずがないでしょ？　だから安全のために、極力一緒に行動しようと決めた。そしたら相馬さんまで死んでしまった。だからよりいっそう、蜂須賀さんのそばを離れないように努めたの」

「ずっとくっついているから、何か意図があるとは思ったけど」

　蜂須賀は口を尖《とが》らせ、かなり伸びてきた無精髭をさする。姫宮はベースキャンプにいると息が詰まると言っていたが、実際にはそうした狙いがあったようだ。

「でも、私がいつも蜂須賀さんと一緒にいるから、水原さんが狙われたのかもしれないと思うと……」

「今福さんは最初から水原さんを狙っていたんだ。そのために彼女と同じタブレットＰＣを用意しておいたんだから」

「そうだね……」

「そんなに気に病むな。水原さんも、そんなふうに気を遣われたくないんじゃないかな」

「うん。――あっ、あれ見て！」

姫宮が叫びながら指差す。その先の木の幹に、赤い昆虫がとまっていた。フェリエベニボシカミキリだ。

「これで残り一匹だな」

蜂須賀はフェリエベニボシカミキリに近寄ると、胴体を指でつかみ、プラスチックケースの中に入れた。

「良かった。近くにいてくれたんだ」

「他の木を見て回ろう」

蜂須賀と姫宮が足を踏みだした。すると、前方から土屋と鷹取が手を振りながら近づいてきた。土屋がケースを掲げ、「中を見ろ」というように指で示している。

ケースの中に、赤い昆虫が見えた――。

蜂須賀と姫宮は顔を見合わせる。互いに笑みを浮かべると、二人のほうへと駆けだした。

エピローグ

リゾート開発計画は完全に潰《つい》えた。

サウスリゾート社は東硫黄島《ひがしいおうとう》での計画中止を発表した。社員が調査中に殺害されたという事実に対し、今福《いまふく》を強く非難するとともに、東京科学博物館に抗議を申し入れた。スポンサー契約は打ち切られ、さらには損害賠償の訴えを起こすとも報道されている。

蜂須賀《はちすか》たちが東京に戻ってしばらくして、猪熊《いのくま》からメールが届いた。伝えたい内容だけが書かれていた。それは、三反園《みたぞの》は金を受け取っていなかったというものだ。金で票を買おうとしたのは上層部の意向で、相馬《そうま》はそれに従ったにすぎなかった。反対したが押し切られたという。今福と三反園には、それぞれが金を受け取ったと話していたようだが、結局両名とも拒否していた。だから相馬は誰にも金を渡していないし、三反園も買収されていないとあった。

相馬は上層部の人間から、三反園には金を渡したと説明されていたらしい。相馬はそれを信じ込んで、今福の説得に当たろうとしていたようだ。猪熊が会社の内部監査室に相談をして、社内調査が行われた結果だという。相馬に偽の情報を流していた上層部の人間は、その虚言が相馬の死に繋《つな》がったとして会社からコンプライアンス違反を問われ、解雇処分を受けたそうだ。また、猪熊は近く会社を辞めるとあった。先のことは決めていないが、相馬を悼みながらゆっくり考えるらしい。相馬の婚約者については触れられていなかったが、相手もきっと深い悲しみに暮れていることだろう。

　このメールの内容をメンバーに伝えた。三反園を信じていた土屋は涙を流し、今福への怒りを新たにしていた。

　今福は送検され、今後裁判を控えている。身勝手な理由で三人も死に追いやり、相当厳しい判決が出されるだろうとマスコミは報じている。事件の詳細は大々的にマスコミに取りあげられた。研究者の愚行を非難しつつ、思いのほか外来種の問題点を扱う論調が多かった。これをきっかけに多くの人に外来種問題を意識してもらえれば、三反園や水原《みずはら》も浮かばれるのではないだろうか。

　東硫黄島は人の立ち入りが無期限禁止となった。

　今福の願いは皮肉な形で叶《かな》ったともいえる。

　東京に帰った蜂須賀たちは警察の聴取を受け、島で起きたすべてを事細かに証言した。

　そして十日が経《た》った——。

　東京科学博物館の研究室に隣接した休憩室で、蜂須賀はコーヒーをすすっていた。

窓の外は木々が生い茂り、木漏れ日が煌《きら》めいている。ふと東硫黄島を思い出したが、ここはエアコンの効いた快適な室内だ。その環境はあまりにも違う。

「蜂須賀さん、ども」

土屋《つちや》が缶コーラを片手に、蜂須賀の正面に座った。フェリエベニボシカミキリを発見した後、土屋は蜂須賀を疑い続けていたことを謝罪した。蜂須賀も「俺のほうこそ、強く当たってすまない」と謝り、互いに握手を交わした。それ以来、土屋とは多少打ち解けられた気がする。あくまで気がするだけだが。

「あれ新種だったそうじゃないか。やったな」

「まさか、と思いましたよ」

土屋が持ち帰ったフトミミズが、その後の分析で新種と判明した。蜂須賀と姫宮《ひめみや》が土屋を案じて様子を見にいった時だ。つい採取してしまうと言ってケースに入れていたあのミミズだ。

「あの時のミミズがなあ」

「学名に三反園と水原さんの名を入れてあげられると良いですね」

「ミミズかよ、と二人に怒られそうな気がするけどな」

蜂須賀の突っ込みに、土屋が「ははっ、そうかもしれませんね」と笑う。

「東硫黄島を含む、地元の小笠原諸島《おがさわらしょとう》の固有種保護に今後も力を入れていきたいという思いが強くなりましたよ。あと、あの地で亡くなった三反園、水原さん、相馬さんのために、小さなものでいいから、いつの日か東硫黄島に慰霊碑を建てたいんです」

「俺にも手伝わせてくれよ」

「もちろん。建てた日には皆で行きましょう」

「ああ、行こう。それにしても、鷹取《たかとり》さんも大きな発見をしたな」

「アカアシカツオドリの巣ですね」

フェリエベニボシカミキリを見つけた後も、警察の現場検証は続いていた。鷹取はその間に一足早く桐生丸に戻り、雷田《らいだ》を捕まえて、ドローンのカメラを使って気になる場所を調べあげた。すると人の立ち入れない南側の岸壁の急勾配を覆っていた木々の上に、アカアシカツオドリの巣を発見したのだ。

国内におけるアカアシカツオドリの営巣地は長年の謎とされていたが、二〇一七年の南硫黄島の調査によって初めて発見され、その時もドローンが活躍した。それに次いでの快挙で、鷹取は鳥類学会で発表すると息巻いている。南側の岸壁は水原が命を落とした場所だ。そのすぐ近くで、アカアシカツオドリが新たな生命を育んでいた。

「驚いたよ。ドローンはすごいな。巣に気づいた鷹取さんもさすがだけど」

「他に成果と呼べるものはありませんでしたからね。あの状況じゃ、仕方ありませんが」

成果を挙げる二人に比べ、蜂須賀と姫宮は何ら得るものがなかった。蜂須賀は仕掛けたトラップは早々にすべて回収し、虫を逃がしてきたのだった。五日間あれば成果は出ただろうが、これぱかりはやむを得ない。

「まあな」

「姫宮さんから連絡はありました？」

「一度もない。問題ない証《あか》しだろうが、こってり絞られてはいるかもな」

フェリエベニボシカミキリは奄美《あまみ》市指定希少野生動物に指定され、奄美大島からの持ち出しが禁止されており、採取した場合は保護条例違反となる。東京に戻った後、あらためて蜂須賀は姫宮と相談し、博物館長に申し出た。今福の件があったために館長は憤りを見せたが、姫宮の考えには理解を示し、館長自ら奄美市に連絡して姫宮とともに謝罪した。

館長と市の担当者との折衝の結果、採取したフェリエベニボシカミキリは自然に返すということで話がつき、姫宮は昨日から奄美大島に赴いている。現地で相当絞られているだろうが、固有種の扱いに慎重を期すべき研究員なのだ。今回のような無茶な行動は固有種のためにもならないと、身をもって痛感しているだろう。

東硫黄島から東京への帰還後は聴取などで姫宮も時間が取れず、一息ついたタイミングで出発した。東京に帰る船中、昆虫ということで預かってほしいと姫宮から頼まれ、蜂須賀は出発当日まで世話をさせられていた。無事に奄美大島に返すまで死なせるわけにはいかなかったから緊張しながら世話をしていたが、非常に珍しい昆虫なので蜂須賀としても満更ではなかった。

「フェリエベニボシカミキリの持ち込みを見抜いたのは蜂須賀さんでしたが、姫宮さんが自分の行為を正直に明かしてくれたのは良かったと思いますよ。おかげで全部捕獲できましたし。そうだ。これ、覚えていますか？」

土屋が自分のスマホの画面を見せてきた。黄色い花が写っている。

「テリハハマボウか」

土屋が指先でその写真をスライドすると、今度は赤色のテリハハマボウが表示された。

「ええ。三反園の話を聞いて、後でデジカメで撮影して、その画像をスマホに移したんです。黄から赤。一日花で夕方に赤くなるので終焉《しゅうえん》を連想させますが……僕にはこの真っ赤な色が、命を燃やしてこれから精一杯、咲き続けたいという意志に思えるんです」

「そうか」

蜂須賀は三反園の黄色いTシャツと深紅の鮮血にテリハハマボウを重ね合わせたのだが、土屋にはそう見えていたか。

「命を燃やし続けるため……三反園の遺志を継いで、僕も研究だけでなく博物館の運営にこれまで以上に携わっていこうと決めました。水原さんからも、もっと運営に関わっていってほしいと言われていたんです。だから、蜂須賀さんも協力してくださいよ」

「三反園と水原さんは亡く、今福さんももういない。勝手気ままにふらふらしたい……というわけにはいかないな。まあ、俺にできることなら何でもするよ」

「言質《げんち》、取りましたからね」

「反故《ほご》にはしねえよ」

蜂須賀は笑いながらコーヒーに口をつけてから、土屋に言った。

「今回は残念だったが……また東硫黄島に上陸して、固有種について徹底的に調べたい。その時までに慰霊碑を建てられたらいいな」

「そうなってほしいですね。じゃ、僕はそろそろ」

土屋はいつの間にかコーラを飲み干し、缶をごみ箱に捨てて休憩室から出ていく。

蜂須賀は再び窓の外を見やった。

それまでは博物館の運営に協力しながら、またさまざまな場所で固有種たちと向き合っていきたい――。

蜂須賀は木漏れ日の眩《まぶ》しさに目を細めながら、そう強く思った。


（了）

本作品は書き下ろしです。

《参考文献》

『小笠原案内』真木太一／著（南方新社）

『世界遺産・小笠原』三好和義／著（朝日新聞出版）

『世界遺産小笠原 地球の鼓動と生命の神秘を感じる島』福田素子／文、榊原透雄／写真（ＪＴＢパブリッシング）

『固有種が教えてくれること3 南西諸島・小笠原諸島にすむ固有種』今泉忠明／監修（金の星社）

『日本の固有種 グラフや表から環境問題を考える 1 森・林・草原にすむ生き物』今泉忠明／監修（汐文社）

『日本の固有種 グラフや表から環境問題を考える 2 海・川・水辺にすむ生き物』今泉忠明／監修（汐文社）

『日本の固有種 グラフや表から環境問題を考える 3 空を飛ぶ生き物』今泉忠明／監修（汐文社）

『侵略！ 外来いきもの図鑑 もてあそばれた者たちの逆襲』ウラケン・ボルボックス／著、五箇公一／監修（パルコ）

『終わりなき侵略者との闘い 増え続ける外来生物』五箇公一／著（小学館クリエイティブ）

『知っておきたい日本の火山図鑑』林信太郎／監修・著（小峰書店）

『ＮＨＫスペシャル 秘島探検 東京ロストワールド 第1集 南硫黄島』（ＮＨＫエンタープライズ）

東京都環境局 南硫黄島自然環境調査
https://www.kankyo.metro.tokyo.lg.jp/naturepark/know/park/ogasawara_isan/minamiiou.html。

越尾 圭（こしお・けい）

愛知県知多郡東浦町出身。同志社大学文学部中退、早稲田大学教育学部卒業。家庭用ゲームソフト制作会社、編集プロダクションを経て、大手インターネットサービス会社に勤務。2015年、16年、18年と日本ミステリー文学大賞新人賞最終候補。18年『このミステリーがすごい！』大賞大賞候補、隠し玉としてデビュー。既刊に『クサリヘビ殺人事件―蛇のしっぽがつかめない』『殺人事件が起きたので謎解き配信してみました』『AIアテナの犯罪捜査 警察庁情報通信企画課〈アテナプロジェクト〉』（いずれも宝島社文庫）がある。

楽《らく》園《えん》の殺《さつ》人《じん》

二〇二一年 一二月二〇日 初版発行

著者 越尾《こしお》 圭《けい》

発行所 株式会社二見書房
東京都千代田区神田三崎町二－十八－十一
電話 〇三（三五一五）二三一一［営業］
〇三（三五一五）二三一三［編集］
振替 〇〇一七〇－四－二六三九

印刷・製本 株式会社堀内印刷所

落丁・乱丁本はお取り替えいたします。
定価は、カバーに表示してあります。

© Kei Koshio 2021,

Printed in Japan. 無断転載禁止

ISBN978-4-576-21198-5

Murder in
Paradise
Island